スクラップ・アンド・ビルド

羽田圭介

文藝春秋

スクラップ・アンド・ビルド

カーテンと窓枠の間から漏れ入る明かりは白い。

掛け布団を頭までずり上げた健斗は、暗闇の中で大きなくしゃみをした。今年から、花粉症を発症した。六畳間のドアや通風口も閉めていたのに杉花粉は侵入し、身体に過剰な免疫反応を起こさせている。ヘッドボードのティッシュへ手を伸ばした健斗の視界に、再び白く薄暗い空間が映った。早朝だろうか。だが少し前に杖をつく音で目覚めた際も同じ光景だった。それともあれは昨日の朝の記憶か。健斗は断片的な記憶の時系列を正す。あれは間違いなく今日だ。時計を見ると、午前一一時半だった。

北向き六畳間の外に出ると、廊下をはさんだ向かいの部屋のドアは閉められていた。火曜だからデイサービスの日ではない。蛍光灯の明かりも一切なく、人気《ひとけ》は感じられなかった。玄関や風呂場の横を通り過ぎ、リビングへ入ったがそこにも人気はなかった。同じ空間にいるはずなのに、電気もつけず歩く時以外音もたてず、そこにいないように振る舞う祖父の辛気くさい感じに健斗が慣れたのも最近だ。ダイニングテーブルの上に、出勤した母が作り置いていった祖父の昼食用おにぎりが一つ置かれている。リビングと隣の和室はともに南向きの掃き出し窓からの採光であるが、いつもより暗い。窓に面した坂道から聞こえてくるロードノイズのうるささからも、雨が降っているか、さっきまで降っていたのだと知れる。つけた照明の明るさに目を刺激された健斗はくしゃみし、鼻をかみ合皮ソファーに座った。今朝の新聞やチラシの束が手つかずでローテーブル上に置かれている。することがないなら、せめて新聞の見出しを眺めるくらいのことはしたらどうだ。まるで居候の身をわきまえていると主張しているかのように、ここにずっと住んでいる母や健斗から許可されるまで何にも手をつけない祖父のハリボテの奥ゆかしさに鼻白む。健斗はテレビをつけた。ほぼ無音だった空間に、女のしゃべり声と電子的な音楽がたちあがった。バーゲンセールのCMで、C

M明けにはわけのわからない肩書きのコメンテーターたちがしゃべりだす。電源をオンにし一分もたたぬうちに視覚や聴覚を滅茶苦茶にひっかきまわされる感じが、退社して以降生活リズムの区切りがなくなってしまった身には、朝を実感するための気付け薬となっていた。

慢性的な腰痛に加え、昨日のコンサートスタッフ単発アルバイトの肉体労働のせいもあってか腰の痛みが強く、座っているのが辛い。退社後七ヶ月間で癖になった二度寝がよくないのか、わずかに頭痛まである。健斗は新聞やチラシの束を手に取りソファーへ寝そべった。新聞のテレビ欄と社会面にだけ目を通すとカラフルなチラシをめくり、最後に白黒一色刷りの紙に目をやる。自治会発行の、高齢者自動車運転注意の呼びかけだった。一ヶ月弱前、八〇代の女性が軽自動車で暴走し、横断歩道を渡っていた歩行者三人をはね民家の塀に激突するという事故が、入居開始後四〇年経つニュータウン内のここ多摩グラントハイツ近くで起こっていた。小学生女児が死亡、他二人は怪我、運転手本人も意識不明の重体で病院へ搬送されたとその日の全国ニュースでも報道された。

冷蔵庫内の作り置き料理等で朝食を済ませた健斗は、空気清浄機の出力を最大に設定し直し再びソファーへ寝そべった。腰もそうだが、杉花粉に目と鼻をやられ、おまけに頭痛まであっては、高度な集中を要する行政書士の勉強などできない。ネットサーフィンやテレビや映画など主に目を使う行為がダメで、腰もやられ運動もダメとなると、できることなど本当に限られた。人に会いでもすれば体調の悪さもいくらか忘れられるだろうが、四歳年下の交際相手亜美も今日はアウトレットモール内のDCブランドショップ店員として出勤している。数時間おきに用を足す祖父がアルミ製杖をつく音のせいで眠りは浅く長くなるが、九時間半寝たからさすがに眠気はない。

ただ漫然と時間をやり過ごさなければならないのは、生き地獄そのものだと健斗は思った。新卒で五年間勤めたカーディーラー時代にトラブル処理に奔走させられたり、好意を寄せている異性から手ひどい仕打ちを受けたりといった、明確な辛さや痛みのある日々のほうがまだマシだ。

こんな絶不調の自分でもできることがなにかないか。テレビへ目を向けながら健斗は考えるも、痒くなり膜がはったようにかすむ視界の中、画面の四隅まで異様にクッキリ映すデジタル放送の過多な情報量が辛く、電源をオフにした。おとずれた静寂の中、昔はよく見ていたテレビの相撲中継もほとんど見なくなった祖父の姿が頭をよぎる。健斗は立ちあがった。することもない同士、話し相手にでもなってやれば、少なくとも相手のために自分の時間を役立てられる。

ドアをノックし、返事も待たず中に入る。すぐ目の前に、パイプベッドに横たわる祖父の顔が見えた。起きていたらしく、その目は顔ごと孫へ向けられている。何枚も重ねられた掛け布団の中央に長さ一メートル強の膨らみがあるだけで、そこに成人男性の胴体や四肢がおさめられているようには見えない。

「おはよう」

挨拶されもぞもぞと動きだした祖父をおき、窓へ寄った健斗は中途半端にしか開かれていないピンクの遮光カーテンをそれぞれ左右にきっちり寄せる。電気をつけないのは節電だとしても、カーテンを開けないとは、すすんで鬱にでもなろうとしているのか。健斗はレースカーテンを指先でめくってみるが、駐車場やフェンスの向こうの線路を見下ろすだけの部屋からだとロードノイズすら聞こえず、雨が降っているのかもわからない。窓側の隅にある学習机の上には、整理を途中で諦めたらしい衣類がいくつか広げられたままだ。机とパイプベッドの間で間仕切りとヘッドボードの役目を果たす書棚の上下段には三年前に嫁いだ姉の大学時代までの書物が一部残されたままで、中段には祖父がためこんでいる様々な薬や小物が置かれている。姉とほぼ入れ替わりでこの家に住み始めた祖父の持ち物は薬と洋服くらいだが、服の量だけはキャスター付き衣類ケース三つぶんと多かった。

寝返りもうてぬほど重ね敷かれた掛け布団をどけ上半身を起こした祖父が、靴下をはいた足をゆっくりフローリングにおろす。苦虫を嚙み潰したような表情が普通になっている老人は腰をさすりながらなにかぼやいている。丸まった背中にS字のカーヴはない。

「今日は家におると？」

「うん、そうだよ。昨日はアルバイトだったけど、今日は家で勉強する日」

「ああそうね」

言いながら、祖父は腰をさすっていた右手を左肩にやり自分で揉みほぐす。

「肩の凝りもひどくてねえ」

とにかく目立たないこと優先で選んだようなくすんだ色の重い綿素材の長袖や半袖を何枚も着ている。同素材の重ね着という非効率的なコーディネートでは、重くて肩も凝るだろう。母がウールやダウン素材の服を買い与えても全然着ようとしない祖父には、空気の層で保温する科学的思考が欠如している。元からそうだったのか、そうなってしまったのか、ここ三年ほどしか一緒に暮らしていない健斗にはわからない。ましてやまともに会話するようになったのは、激務だったカーディーラーを退社した七ヶ月前からだ。

「寒い？」

「あんたそれ一枚しか着とらんと？」

うなずく健斗は、大手衣料チェーン店の新素材クルーネック長袖Tシャツ一枚と、裏起毛の防風ズボンしか着ていない。三月上旬にしては寒い日だが、屋内であればそれでじゅうぶんだ。健斗はくしゃみをし、ベッドの枕元に置かれていたティッシュで鼻をかみ、ドア側の壁によりかかって座り祖父と向きあう。

「寒くなかね」

「うん」

「はあ……じいちゃんは、寒さに弱かでしょう。もう、今日も寒くてしゃむくて……寒かと、足の痛む」

肩を揉んだあと両足のふくらはぎを揉みだす所作から台詞まで、数時間おきに繰り出される行為はいつも同じだ。

「夜も、三時頃までじぇんじぇん眠れんで。ようやく眠れた頃に朝ご飯でお母さんに起こされたでしょう」

「昼寝てたら、夜眠れなくて当然だよ。仕事してるわけでもないんだし」

「昼間も寝ちょらんよ」

不満げな顔からして、本人は身体を横にしているだけで寝ている自覚はあくまでもない。いつもそのことだけは頑なだ。

「もう、毎日身体中が痛くて痛くて……どうもようならんし、悪くなるばぁっか。よかことなんかひとつもなか」

背を丸め眉根を寄せ、両手を顔の前で合わせながら祖父がつぶやく。佳境にさしかかった、と健斗は感じる。

「早う迎えにきてほしか」

高麗屋っ。中学三年の課外学習で見た歌舞伎で、友人たちと面白がり口にしまくった屋号を思いだす。祖父の口から何百回も発された台詞を耳にしながら、健斗は相づちをうちもせずただその姿を正視する。

「毎日、そいだけば祈っとる」

弱々しい声でこんな台詞が発されたとき、祖父がここへ来る前の四年間埼玉の自宅で面倒を見ていた叔父なら、それを打ち消しなだめるような優しい言葉をかける。五人兄妹の中で最もニヒリストの母に似たのか、健斗にはそんなことをする気も起こらない。醒めた観客相手にも、祖父は慰めてもらう前提の弱音を吐き続けることを止めなかった。

「もうじいちゃんなんて、早う寝たきり病院にでもやってしまえばよか」

これまでに健斗は、祖父の体調不良のうったえを聞き、総合病院やら内科、形成外科等の各病院へ車で送っていったことが何十回とある。しかし緊急搬送された二回をのぞき、どこで検査しても、生死にかかわるような病は見つからなかった。今かかっている病院では、循環器系に作用する最低限度の薬さえ飲み続けていれば健康でいられると言われている。つまり、八七歳という年齢からすれば、祖父はいたって健康体なのだった。

「健斗にもお母さんにも、迷惑かけて……本当に情けなか。もうじいちゃんは死んだらいい」

顔をしかめながら小さな手で全身のあちこちを揉む祖父からは、切実さが漂っている。数ヶ月前に倒れた時の眼球内出血で未だに右目の視界がかすみ、補聴器の調子が悪くなればなにも聞こえず、いくら調べても原因不明な神経痛があり——つまりは本人にしかわからない主観的な苦痛や不快感だけは、とんでもなく大きいのだ。現代医学でもやわらげようのない苦痛を背負いながら、診断上は健康体であるとされ、今後しばらく生き続けることを保証されている。祖父が乗り越えねばならない死へのハードルは、あまりにも高かった。

「おしっこばぁっか出るとに、便秘はひどくて」

「朝ご飯は、なに食べたの?」

その後数分いつもと同じ会話をこなすと、健斗はリビングで市販の抗アレルギー薬を飲み、自分の部屋へ戻った。ひときわ大きなくしゃみをすると、急な気圧変動で数秒間右の鼓膜がおかしくなった。あくびで元に戻しても、不快感は耳に残っている。勉強は無理でもネットサーフィンくらいならできるとノートパソコンをつけても、光沢液晶画面への蛍光灯反射が目の痒みを誘発し、五分も経たず健斗はパソコンをオフにした。

できることなど、なにもない。ベッドに寝ると腰が楽になるが、起きたばかりで眠れもしない。携帯電話の受信メールを見ていき返信しそびれたものがないかチェックするが、数十秒でそれも終える。くしゃみをした健斗は仰向けになる。健斗自身信じがたいことだが、目も鼻も腰もやられ会ってくれる人もおらず散歩する気にもなれない悪天候の今、二八歳の健常者にできることなど一つもなかった。薄暗い室内で、白い天井を見ているくらいしかない。より腰の楽な姿勢を探そうと左へ横向きになると、そこにも白い壁紙があった。

ふと、健斗はあることに思い至った。

自分は今まで、祖父の魂の叫びを、形骸化した対応で聞き流していたのではないか。昼も夜もベッドに横たわり、白い天井や壁を見ているだけで、自分が昼間途切れがちに眠っていることも意識できないほど白夜の中をさまようようになれば——良くなりはしない身体とともに耐え続けた先にも死が待っているだけなのなら、早めに死にたくもなるのではないか。

健斗は自分の今までの祖父への接し方が、相手の意思を無視した自己中心的な振舞いに思えてくるのだった。家に生活費を入れないかわりに家庭内や親戚間で孝行孫たるポジションを獲得し、さらには弱者へ手をさしのべてやっている満足に甘んずるばかりで、当の弱者の声など全然聞いていなかった。

死にたい、というぼやきを、言葉どおりに理解する真摯《しんし》な態度が欠けていた。

トイレにでも行くのか、ドアの向こうから杖つき音が聞こえてくる。杖の先はゴムで覆われているが、その音は家中に響いた。転んで痛い思いをしないよう、ゆっくりすぎるペースで暗い廊下を進んでいる。そんな祖父は、苦痛を怖がる人間が楽に三途の川を渡るための唯一の手段ともいえる服薬自殺にも、一度失敗していた。かといって、一度目の緊急入院時に約二ヶ月間利用した、患者を薬漬けにして弱らせる病院へ社会的入院をさせようにも、介護関係の診療報酬が下げられた今は簡単に入院などできないし、できてもすぐ家に帰される。つまり、薬漬けの寝たきりで心身をゆっくり衰弱させた末の死を、プロに頼むこともできないのだ。

部屋からトイレまでたった五メートルたらずの距離を行く、絶対に痛い思いはすまいとする慎重な杖つき音が、まだ聞こえている。道のりはかくも長い。

苦痛や恐怖心さえない穏やかな死。

そんな究極の自発的尊厳死を追い求める老人の手助けが、素人の自分にできるだろうか。

しかし八七年も生きてきた祖父の終末期の切実な挑戦に協力できるのは自分くらいしかいないだろうと健斗は思った。


面接を終えた健斗はスーツ姿のまま新宿へ向かっていた。カーディーラーを自己都合退職した後は、最初宅建の、その後は行政書士資格試験に切り替えた勉強を予備校にも通わず独学で行っている。そして月に一、二度はそれらと無関係な企業の中途採用選考を受けていた。しかし新卒の就職も厳しい現状で、三流大学出身かつなんの潰しもきかない業種に五年も身をおいていた人間を雇ってくれる企業はない。

新宿界隈でまったく金を使わずに時間をつぶし、午後二時にルミネの三階で亜美とおちあった。ウィンドウショッピングにつきあい、なにも買わなかった亜美と一緒に歌舞伎町へ向かう。互いに実家暮らしの二人には、新宿と八王子にそれぞれ二軒ずつ行きつけのラブホテルがある。電車だと遠回りなため、八王子へ行くのはどちらかの家の車が使える日に限られた。

フリータイムで入室後二〇分で射精してしまいぐったり疲れた健斗は、小柄なわりに豊かな亜美の乳房に顔を当てながら、

「けっきょく、こうやって添い寝してる時間が一番好きなんだよね」

とモテ男みたいなことを言い己の精力や持続力のなさを誤魔化そうとする。

「靴下になんかついてるよ」

ベッドに腰かけジーンズを穿いている時、健斗は亜美から指摘された。足裏を見ると、右の靴下になにか柔らかいものが付着している。十円玉大の薄いそれは、ご飯の固まりだった。スプーン半分ほどの量を床にこぼす人間は、祖父以外にいない。亜美からバレンタインプレゼントでもらった、タケオキクチ製のお気に入りだというのに。

「くそが……」

六時前に割勘で払ったホテルを出るとファミレスで夕食を済ませ、新宿三丁目にあるチェーンのカフェに入った。二階の窓側席はファミレスより景色や雰囲気もマシで、ここで亜美のありとあらゆる愚痴を聞いたりまた健斗自身もデカい話をしたりするのがいつもの定番コースだ。酒を飲まない女だから、金がかからない。会社員時代のわずかな貯金に加え、老人性黄斑変性症の新薬を試す一七泊の治験で稼いだ五六万円が

あり、たまの単発バイトの稼ぎも入るため、七ヶ月間無職でも地味に遊ぶ金なら確保できている。

一杯ずつのドリンクで二時間近く粘ったあと、駅へ向かった。途中、スーツ姿の背が高いとんでもない美人が向かいからやって来て、健斗が目で追うと気づけば亜美が口をとがらせていた。

「どうせ私なんか、ブスだもん」

その発言には、前後にただようういくつもの言葉が内包されている。面倒くさいと思いながらも、健斗は友人主催のバーベキューで知り合った、外見的に中の中である彼女をなだめながら歩く。女性ホルモンが多いのか、嫉妬深く卑屈だった。改札を抜けると、階段やエスカレーターには目もくれず真っ先に身障者優先のエレベーターを使おうとする亜美に黙って従う。

調布で京王本線から外れる京王相模原線は、漆黒の多摩川を渡って以降、窓からの景色が一変する。日中だと、緑と住宅地しか見えなくなる。小学校五年のときに都心から引っ越してきた亜美は、東京なのに一気に田舎の風景に変わる唐突さに驚いたという。亜美が降りた駅の二駅先で下車した健斗は、多摩グラントハイツ目指し緩い坂道を上ってゆく。八〇代の女性が車で女児をひき殺した場所に、花束がいくつもあった。カーディーラー時代、健斗は絶対に車を手放そうとしない何百人ものヨボヨボ老人たちを相手にしてきた。公共交通網が充実し車なしでも生活できる東京で、家電製品も満足に使いこなせないような彼ら彼女らは、車体にもみじマークもつけず自らの手でハンドルを操ることに執着するのだった。

帰宅すると、母はダイニングで、祖父はソファーに座りデザートの桃を食べていた。肉や少しでも硬い野菜には手をつけない祖父も、柔らかくて甘いものはすすんで口にする。祖父がかじった果実の滴が床に落ちたのが見え、健斗は汚された靴下を思いだした。ファミレスでの食事を控えめにしていた健斗は夕飯の残り物を母の隣で食べ始める。

「お母さん、お皿、お皿、お願いします」

食べ終えた皿を祖父が差しだすと、母は舌打ちした。

「自分で台所まで運ぶって約束でしょ。ったく甘えんじゃないよ、楽ばっかしてると寝たきりになるよ」

娘に怒られ下を向いた祖父は渋々立ち上がり、左手に皿を、右手に杖を持ちゆっくりと台所へ進む。週に数度はこのやりとりが繰り広げられた。体調がそれほど悪くない日は、寝たきり防止として日中に家の中をぐるぐる歩き自主的リハビリに励んだりもするが、ソファーやダイニングから台所までの二、三メートルの移動は本当に嫌がる。リハビリはよくて、実務としての歩行はだめなのだ。スポーツジムには行くが日常生活で階段は使わない人たちと同じだ。

「お母さん、薬ばもう飲んだほうがよかね？」

薬の入った袋を掲げながら祖父が母に訊ねた。

「勝手にしなよ、そんなの本当は飲まなくてもいい薬なんだから」

「すみません。健斗、水くれる？」

「健斗に甘えるな！　自分でくみに行け！」

「そげん怒らんでもよか……」

いかにも悲痛そうな小声で言った祖父を前に、母の眉間には皺が寄っている。血縁者故の際限ない甘えに、慢性的な苛つきは頂点に達しつつあるようだ。小学校二年の時に父がぽっくり逝ってしまったため健斗は想像するしかないが、後期高齢者の介護生活に焦点を絞った場合、おそらく嫁姑間より、実の親子のほうがよほど険悪な仲になるのではないか。

　マンションのローンは亡父が入っていた保険で完済してあるうえ、農業一筋でやってきた祖父がもらう国民年金に、還暦を迎え今年から嘱託勤務になった母の給料二二万円がある。つまり祖父の身柄をどうするかについて、家計的にはいくつかの選択肢が残されている。この家で三年面倒を看ている母のストレスが臨界点を突破してしまえば、すぐにでも長崎の特別養護老人ホーム入所の予約手続きがとられるはずだ。

「じいちゃん今日は風呂どうする？」

　台所からソファーへ戻った祖父に健斗は訊いた。

「汗かいとらんけんよか」

　話し相手になる以外の実務的な面では、車で病院や補聴器屋に送り届けたりデイサービス以外の日の自宅入浴を補助したりするくらいが健斗の仕事だ。寒がりのため冬場は頻繁に入浴したがるが、今日みたいに母と健斗の二人が相手をしてくれる日は入浴しないで寝る場合が多く、二人が忙しくしている日に限って寒いから入れろとしつこく頼んでくる。つまりどうしようもなく厄介なかまってほしがりなのだ。補助といっても全裸になった祖父が湯船につかるのと出てくる場に居合わせれば済み、水につけたゴボウの切れ端みたいなペニスをぶらさげた祖父の身体を洗う必要もないため、本当に必要なのかどうかも健斗としては疑問ではあった。しかし老人が自宅で死ぬ場面として最も多いのは、入浴前後だ。その点、介護のプロは風呂に入れるのがうまく、介護施設での入浴事故は全国的にもあまり発生していないと最近知った。つまり祖父が月水金のディサービスでの入浴で死ぬことはない。

自宅入浴時、湯温を高めにし、脱衣場の気温を極端に下げておくことで祖父の願いを一思いに叶えてあげることも健斗は当然考えた。だがそれでは健斗が間接的に殺すことになってしまうし、なにより、苦痛のない穏やかな死という理想型から遠ざかる。

デザートも食べ薬も飲み終え入浴もしない祖父は、ソファーに座りしばらくテレビのバラエティー番組へ目を向けていたがなんのリアクションもせず、やがて小声で「ようわからん」とぼやき下を向いた。高解像度の地デジ画面は、年寄りの目では処理できない。祖父と暮らすまで健斗は、昨今のテレビ番組も身体の不自由な老人たちの娯楽になるのなら存在意義もあると思っていた。しかし目の不具合や脳の情報処理能力の低下、視聴姿勢の維持の困難といった様々な要因で当の老人たちが見ないのであれば、はたして誰のためにあるのだろうか。

「じいちゃんは邪魔やけん部屋に戻っちょこうかね」

「いちいち宣言しなくていいんだよ糞ジジイが……」

杖をつき暗い廊下へ行く祖父をにらみながら母が言う。声量は小さくないが、祖父に向けて言いさえしなければ祖父には聞こえない。祖父の耳が単一指向性マイクみたいになったのは聴力の衰えではなく、言語処理能力の衰えによるもののようだった。

「あんにゃろう、これみよがしに杖つきやがって。杖なしでも歩けるくせによ」

標準語で悪態をつく母の口の悪さは、息子たる健斗が外からもちこんだ乱暴な言葉がうつった結果だと母本人は言う。息子をもつ母親は総じてそうなるのだと。

自室で健斗は、祖父の願望である尊厳死をかなえてやるべくネット検索した。介護疲れに困り果てた諸先輩方による老人の死なせ方のハウトゥー情報には出くわしたものの、ほとんど自殺幇助罪に抵触してしまう陰惨なものばかりで、健斗が求めているものとは違った。全世界に老人はごまんといてこれだけの情報社会になっているというのに、老人に穏やかな尊厳死をもたらしてやるための現実的手段についての情報がない。姥《うば》捨て山など見つからないし、安楽死を認める国に帰化させても、不治の病にかかっていることや本人の意思、そして医師の判断がなければ安楽死は許可されず、ハードルは高かった。不必要な薬を投与しまくる病院に入院ないし通院させるのが最も現実的に思えたが、健斗には薬学の知識や病院の情報もない。ネット情報を教材に、薬や法律について今日も少し勉強した。

行き詰まったところで、健斗は祖父の部屋へ顔を出した。白い蛍光灯の下で、パジャマのズボンをめくった両足になにか塗っていた。一〇年ほど農作業からも遠ざかり、一年中長ズボンしかはかずほとんど外を歩かなくなった祖父の足は生白いうえむくんでいるせいもあり、太った若い女のそれみたいに妙に艶やかだ。

「足の痛くてからねえ。乾燥もひどくて」

塗らなくてもいいワセリンや塗り薬を全身のあちこちに塗ることで、絶望的に退屈な時間を毎夜やりすごそうとしている。本当に辛いだろうと健斗は思った。気づいてやるのが遅すぎた。

「どうせ今夜も眠れん」

腰骨中央の黒く変色した出っ張りのあたりにも、足に塗っていたのとは違う薬を塗る。手の届きにくいところに塗る際も、祖父は決して健斗に頼むことはない。自分に残された数少ない日課を奪われまいとする姿勢は、皿を台所まで持って運ぶのは嫌がる祖父の態度と違った。

「じいちゃんなんか、早う死んだらよか」

坂地の中腹にあるこの四階建マンションにはエレベーターがない。デイサービスの迎えが来るときも祖父は手すりにつかまり自力でゆっくり階段を下りるが、二階から一階へ降りるそれだけの高さでも、身を投げればじゅうぶん死ねる。他にも高所や電車の踏切、川と、冥界への入口は近くにいくらでもある。一瞬の苦痛に耐える勇気一つあれば、なんの準備も必要とせず今の祖父でもじゅうぶん達成できるのだ。

「そのうち、状況はよくなるよ」

勇気のない老人でも歩める別の道を切り開いてやるのが、孝行孫たる健斗に課せられた使命だった。


土曜午後三時過ぎのファミレスは、学生と老人だらけだ。ウェイトレスが、健斗が食べていたハンバーグセットの皿と大輔が食べていたパフェの皿を下げにきた。夫婦で実家の一軒家に住む大輔は、一時近くに家族全員で母親の作ったカレーうどんを食べたばかりだという。健斗は午前中にブランチをとって以来だった。母は友人数人と都心へ遊びに行き、祖父は一人で家にいる。十数年前と比べ狭められたこの店の喫煙席でなぜだか厄介事を片づけているような表情で煙草を吸う大輔の仕草は、中学時代から変わっていない。そのせいで顔はいいのに高一で背の伸びが止まった大輔と健斗のつきあいは、小学校高学年来のものだ。

「欠員の補充で、俺も夜勤とか色々大変で」

大輔は健斗と異なる地元の三流大学を卒業後、介護福祉業界で働き始めた。今在籍しているグループホームには丸四年勤め、介護福祉士の資格も持っている。

「一人辞めると、膨大な量の介護スキルが、ごっそり消えるわけ。常勤スタッフが八人中二人いっぺんに辞めでもしたら、ホームの機能が元に戻るまで二、三年はかかる」

「その後輩くんは辞めてどうしたの?」

「介護福祉士のまま、熱海に行った。あそこは最近福祉が発展してるから。大人数収容の施設が続々建ってる。お荷物になった関東中の年寄りをアクセスのいい一カ所に追いやって、現地でも若者の雇用が生まれるから、双方にとっておいしい」

健斗は熱海へは大学時代に友人たちと車で行ったことがある。ここ東京南西部のニュータウンから相模湾は近く、熱海までは高速で二時間足らずだ。

「福祉で稼ぐ街ってなんだよ」

「都心部以外はどこもそんな感じだよ。昔の建築や道路開発の代わりに。日本にもう震災復興以外で建築する余地はないけど、老人はなくならない。増えるいっぽう」

「早くおまえら子供作って少子高齢化止めろよ」

「そっちこそ亜美ちゃんとさっさとデキ婚でもしろ」

「俺は無理だ。無職だぞ」

「俺だって無理だ。介護職だぞ」

「でも共働きだろう。実家だし」

給与に比して仕事のきつい介護業界では、大輔のように四年以上の職歴がある男性の人材は、貴重らしい。そういう人たちは総じて、共働きしてくれる甲斐性のある女と一緒に生活している場合が多く、つまりはモテる男にしか長く務まらない仕事なのだと大輔が以前冗談半分にもらしていた。小学生の頃から、大輔は色々な女に気にかけられたり世話を焼かれたりしていた。

「しかし健斗の言うことを本当に実現させるとなると、被介護者の動きを奪うのが一番現実的で効果的だろうな。時間はかかるけど」

「投薬増やすとかじゃなくて？」

「人間、骨折して身体を動かさなくなると、身体も頭もあっという間にダメになる。筋肉も内臓も脳も神経も、すべて連動してるんだよ。骨折させないまでも、過剰な足し算の介護で動きを奪って、ぜんぶいっぺんに弱らせることだ。使わない機能は衰えるから。要介護三を五にする介護だよ。バリアフリーからバリア有りにする最近の流行とは逆行するけど」

　たしかに退院直後の祖父は身の回りのことがほとんどなにもできず、痴呆の症状もひどかった。それに対し、家の中で母や健斗があまり手をさしのべない、手をさしだす介護よりよほど気疲れする態度で見守るうち、祖父は肉体と精神にある程度の壮健さをとり戻した。

「でも、幇助するほうにとっても賭けだぞ。中途半端に弱らせても死なせてあげられなかったら、介護が今より余計面倒になって、家庭介護者のストレスは増す。後戻りする可能性があるくらいなら、絶対にやるな」

つまり、やるなら一息に、短期間でということだ。

「健斗。おまえに、それをやり遂げられる自信はあるのか？」


部屋のすぐ近くでなされる口論で、浅い眠りを覚まされる。

「仕事になんか行かんで、家におれっ」

弱々しいなりに精一杯張り上げる祖父の声の後、杖つき音が響いて聞こえた。健斗や母の眠りまでをも約二時間おきに中断させる音だ。布団の中で健斗は悪態をつく。

「私が働かなかったら飢え死にするよ、健斗も働いてないんだし」

「仕事に行くなら、いっそ殺してけ」

レースのカーテン越しにも、天気の悪さがわかる。低気圧で気温も低く、今日は一際体調が悪く苦しいのだろう。

「いやよ面倒」

「あんたがやらんなら、自分で身ば投げる！」

「どうすんのよ、そこの階段で転びでもする？　痛いぞ！」

「えぇ……」

母の出勤後も二度寝し午前一一時前に起きた健斗は、一人で遅い朝食を済ませた。耳鼻科処方の飲み薬と点鼻薬でなんとか花粉症の症状を抑えると、資格試験の勉強に打ちこんだ。

時間も忘れ集中していた頃、杖の音が聞こえた。子供の騒ぎ声やロードノイズなら無視できるが、気配をひそめようとする人間がそれでもたててしまう低い音は家中のどこにいても伝わり、その存在感に集中力をそがれた。耳栓をしてもクラシック音楽をかけてもだめで、健斗はただ歯を食いしばってやり過ごす。それが毎日ほぼ二時間おきに繰り返された。

腹が空いてきた午後三時半頃に台所へ行き遅めの昼食を適当に用意していると、ゆっくりとした杖つき音が近づいてきた。

「健斗、お母さんが用意したおやつはどこにあるかわかる?」

「おやつ?」

ダイニングテーブルのそばに立つ祖父に訊かれ、健斗はテーブルの上や台所、冷蔵庫の中まで探す。

「知らねえけど……ほら、これでも食べてれば」

真っ黄色に変色した樹脂製五段ストッカーの中から一口サイズに小分けにされたバウムクーヘンを二つ取り出して渡す。

「はいありがとう。あと、お茶くれる？　ごめんなさい、すんません」

そういうのは自分でやる約束だろうが、と口元まで出かかった言葉を健斗はのみこむ。これからは、過剰な足し算の介護を行うのだ。口の中が乾いていようがいまいが、食事の際は飲み物とセットで胃に流しこむことを祖父は絶対的に決めてしまっている。電気ポットで沸かした湯で茶を淹れ健斗がソファーに座る祖父のもとへ持って行くと、祖父は「いただきます」と言いようやくバウムクーヘンを食べ始めた。朝七時前に「殺せ」と母相手にわめき散らしてからおよそ九時間後の光景だ。健斗はしかしそれをおかしいとは思わない。柔らかくて甘いおやつという目先の欲望に執着する人だからこそ、目先の苦痛から逃れるため死にたいと願うのだ。

沈黙が嫌でテレビをつけたまま昼食を済ませた健斗は、ダイニングに座りながらお茶を飲む。ソファーに座っている祖父の小さな頭は、十数秒間見ていても死んだように微動だにしない。ワイドショーを放映しているテレビ画面へ顔だけは向けられているが、その目や意識が内容を追っているかはわからない。一応断りを入れ、返却期限が明日に迫っていたレンタルDVDの『硫黄島からの手紙』をプレイヤーで再生させてすぐ、戦争を経験した祖父の前でアメリカ人監督が作った戦争映画を再生させていいものかと健斗は一瞬緊張した。本編再生開始後一〇分ほどで、補聴器をいじったりしていた祖父は立ち上がり「部屋ば戻ろかね」とつぶやき自室へ去った。辛い記憶を思い出したり怒ったりしたわけではなく、テレビドラマを見るとき同様、単にストーリーを追えないだけのようだ。

映画の途中で、健斗は祖父がこの家へ来て一度目の入院をしたときのことを思いだす。肺に水がたまった苦しさで緊急搬送され数日後、全身チューブだらけながらなんとか話せるところまで回復した祖父は、見舞いに訪れた健斗に対し色々なことを語った。大げさに周囲の人々に感謝し、それまで一度も本人から聞いたことのなかった戦争中のことを、具体的に話した。祖父はどうやら当時なかば無理矢理予科練とかいう海軍の学校に入れられたのだと健斗はそのとき初めて知った。

特攻行きそびれの、おまけの人生にしては上出来だった。そういったことを繰り返し何回も聞かされた健斗としては、身近な人の生きた証言を聞けてよかったと思ういっぽう、別のところでたちあがった全然知らない物語が祖父やその血縁者たる自分へも勝手に接続してくるような居心地の悪さも感じた。

あれから二年近く経った。未遂から始まった、おまけだったらしい人生。そのおかげで今の健斗自身の生がある。映画を見終えた健斗が祖父の部屋へ入ると、真っ暗な部屋でベッドに横たわる祖父が、薄目を開け天井を見ているのが眼球に反射する光でわかった。

「お母さん？」

「健斗だよ。母さんはまだあと二時間は帰ってこないよ」

窓の外は暗い。孫が来たときの常でベッドから出て蛍光灯をつけようとするのを制し、枕元のリモコンで健斗がつけた。こういうふうに細かく動きを奪う。

「もう、寒くて寒くて……今日は朝から臭かね。えらい臭か」

「たしかに……俺の部屋ではこんな臭いしなかったけど」

カーテンの閉ざされた窓に歩み寄ると、窓が一〇センチほど開けられていた。

「窓開いてるよ」

「ええ？」

「覚えはないの？　窓開いてるんだから寒いに決まってんじゃん」

　まるで母のような険のある声で言ったことに気づき、健斗は途中でそれを抑えた。生モノが腐った臭いだろうか。隣の棟の、ゴミの分別ができず反社会的になったゴミ屋敷の老人が珍しく換気でもしているか、同じ棟に数人いる中国人が回収日を守らず勝手にゴミを出しているかだろう。もっともニュータウンに住んでいる一割弱の中国人たちはIT企業のサラリーマンや留学生といったエリート層らしく、生活習慣の違いによる近隣とのトラブルは時折生まれるものの話せば妥協点を探ることができる。老いた日本人たちは、市福祉課職員や介護関係者による生活支援の手が追いつかなくなるほど同時多発的にゴミの細かい分別や対話ができなくなるいっぽうだ。健斗は窓を閉めた。

「い、っちょん覚えとらん。馬鹿になってしもた。じいちゃんはもう駄目やね。死んだらよか」

　寝返りもうてぬほど何枚も重ねた掛け布団から出した顔の前で、小さな両手が合わされる。

「こんな狭くて暗い部屋に一人でいたら、誰だって気が塞ぐよ。俺だってたまに外出しないと馬鹿になっちゃうし」

「散歩したくてもこの辺は坂ばぁっかで、下に降りるための階段も急やしねえ」

健斗は小さい頃によく訪れていた長崎の家や畑を思いだす。長崎の坂はいいが、東京の坂は駄目らしかった。もっとも実態は、車社会の田舎でここ一〇年以上もっぱら障害者割引のきくタクシーに乗ってばかりいて、足腰が余計に弱っただけに違いないが。

「健斗にもお母さんにもみんなに迷惑ばっかかけて、すまないと思っとる。じいちゃん、早う迎えの来てくれることば毎日祈っとる」

目を強くつむり無数の皺が目頭のほうへ寄るのを見て、健斗は少し苛ついた。あくまでも受け身か。戦争を経験した人は忍耐強く思慮深いような、ましてや特攻出撃間近だった人なんかは現代人には想像もつかない悟りを開いているイメージまであるが、それは幻想なのか。目標をやり遂げるために努力するという、自発的な覇気がまるで感じられない。祖父より五歳年下でしかないクリント・イーストウッドはさっき観た『硫黄島からの手紙』だけでなく、今も映画を撮ったり出演したりと精力的にがんばっているというのに、うちのじいさんときたら。健斗は孫として恥ずかしく思った。

「寝たきりにならんごと、毎日こん家の中ばぐるっと杖ついて歩いちょっとけどねえ。杖つく音のうるさかし、邪魔にもなるけん、だあれもおらん時に歩きよる。けど今日はしゃむくて痛くてねえ」

「そうだね、もう歩かなくていいよ、じいちゃん。じゅうぶんがんばった」

唇だけでなくほとんど口の中にまでメンソレータムを塗った祖父は、枕元にたくさん並べている薬の中から目をうるおすだけの水色キャップの点眼薬を取り出す。古い物と未開封の物も一緒に、同じ点眼薬がなぜか常時四、五本は置かれている。

「デイサービスに行くときのポーチにも入ってるでしょ」

そして家用と外出用の二つのポーチの中でさらに小分けにされた薬等がビニール袋や小さいポーチに入れられており、毎日一度はそれを説明される。こんなにポーチで階層分けしてはどこになにがあるかわからなくなってしまうのも当然だ。今使うべき目薬を慎重に見定めた祖父は、ヘッドボード代わりの本棚を探しだした。

「健斗、ティッシュはどこかねえ」

「ああ、空になった箱ここにつぶしてあるじゃない。取ってきてあげるよ。ついでに、洗濯物も今日は畳んでおいてあげるからゆっくり寝てな」

「ありがとう、ごめんね、すんません」

祖父が乱発するそれらの言葉からは価値や意味がほとんど消失している。ボックスティッシュを届けた後、健斗は洗濯物を取りこみ、リビング横の和室で畳み始めた。リハビリ代わりの家事として、畳んで分類する作業だけ毎日祖父にやらせている。母や健斗がやれば五分で終わる作業を、祖父は三〇分かけて行う。最後には必ず分類ができず誰かに泣きついたり大げさに意気消沈するため、母や健斗がやってしまったほうがはるかに楽だ。しかし刑務所内の工場労働と同じで社会的に役立つ意味合いより、本人の更生というか自立支援のために必要な労働だった。

本当の孝行孫たる自分は今後、祖父が社会復帰するための訓練機会を、しらみ潰しに奪ってゆかなければならない。健斗は畳み終えた衣服の中から自分と祖父のものだけを運び持ってゆくと、次は掃除にかかった。祖父の部屋の前からリビングへ至るまでの廊下の所々に、障害物となるような段ボールや棚が置かれている。それらを一箱にまとめたり物置の空きスペースにおしこんだり配置を変えたりすると、次いで洗面所や台所の整理にうつった。汗までかきながら一時間ほどで作業を終えると、祖父が頻繁に行き来する場所の動線はみちがえるほどすっきりした。まるで、転ばぬように杖や足で障害物を避けて通るための状況把握能力や筋力も、今までの半分くらいで済むように。

「わぁ、きれいになった。ありがとう」

「楽させてやりたいから」

使わない能力は衰える。廊下で祖父に返事した健斗は、もっとできないかと探した。


昼前に健斗が起きて一時間ほど経つ。携帯電話の着信をチェックするがなにもない。昨日面接を受けた企業の選考が通っていた場合、正午までに連絡があるはずだった。くしゃみをし鼻をかむと、ソファーへ横たわる。ここ数日調子がよく抗アレルギー薬を服用していなかったためか、今朝からアレルギー症状がひどかった。慌てて薬を飲み点眼薬も点鼻薬もさしたが即効性はない。外は小雨で花粉の飛散量も少ないはずだが、どんなにアレルゲンを遠ざけても一度炎症を起こしたらむこう半日は苦しめられる。数十秒おきにくしゃみがでて、半分口で行う呼吸音がうるさく、目は痒い。勉強どころか映画を見る気にもなれないし、起きたばかりで眠くもない。地獄にはまりこんでいた。祖父もデイサービスで不在だ。家族不在時は預けている鍵でヘルパーが家に上がりこみ祖父をバスまで乗せてくれるため、健斗は今朝居留守を決めこんでいた。若い女性ヘルパーの大きくてよく通る声とそれに答える祖父のわりとはっきりしたしゃべり声のやりとりが外へ消えてゆくまで、健斗は掛布団をかぶり息を殺していた。まるで、元気な二人に置いて行かれるような気さえしたのを覚えている。

ともかく、祖父のために役立つことをするといった、生産的な時間の潰し方がなにひとつできない。この際、とにかくこの目先の不快さから逃れられればよかった。亜美も仕事だし、どこかの街でショッピングでもしようにも買いたい物も買う金もない。残るは運動くらいか。テレビを消しベランダへ出ると、外へさしだした両手に痺れのような感覚があった。まだ小雨が降っていた。雨粒が細かすぎて、脳が痺れと勘違いしてしまうほどの。花粉の飛散量も抑えられているだろう。ともかく気怠い身体とともに暗い部屋で鬱々としているのが嫌だった。

健斗は自室へ戻るとジャージに着替え、その場で腕立て伏せと背筋、腹筋運動をそれぞれ一〇回ずつ行った。たったそれだけでも息が上がったが、三分足らずの鍛錬に一気に体温もあがる。軽く足のストレッチをし運動靴を履くと、外へ出た。トレーニングとして走るのは、一〇年ぶりくらいか。それだけのブランクがあっても、中学高校のスキー部時代に叩きこんだ呼吸のリズムは、一瞬でとり戻せた。冬合宿に備え春夏秋と年中土の上で訓練・待機中だった当時の健斗たちスキー部員は、校内マラソン大会でも陸上部の長距離選手たちと互角に張りあうほどだった。

戦後ワシントンハイツ建築の折に日本へもたらされた歩車分離方式を流用し造られたこのニュータウンは、走る場所に事欠かない。遊歩道も坂道だらけで完全な平地は少なく、走り始めてすぐ健斗の呼吸は苦しくなった。全身が発熱しているが、ジャージや皮膚、髪を濡らしているのが己の汗なのか小雨なのかもわからない。しかし運動中、アレルギー症状は緩和した。免疫機構がアレルゲンに反応する余裕すら奪われるのか。すぐに左下腹部も痛んできて、ふくらはぎの筋肉にも鈍い痛みがたまってきたが、くしゃみも止み鼻の通りも良くなり目の痒みも治まった今のクリアな状態がとても気持ちよく、健斗はどんどん遠くへ足をのばす。走り続けている時しか霧が晴れない感じだ。そして、約一〇年ぶりにもかかわらず走れてしまっていることに対し、健斗は恵まれた己の肉体を自覚した。祖父には絶対に無理なことをやっている。

マンションへ帰り着き階段を上る時にはもう、両脚や腹直筋の筋肉痛が始まっていた。三〇にもなっていない己の衰えを情けなく思ういっぽう、健斗の気持ちは自分の恵まれた点を再発見できた喜びで明るい。そもそも自立歩行できてるじゃないか、俺は。祖父がなによりも嫌がる階段の上り下りを、こうしていとも簡単にできてしまっている。中途採用面接に落ちたくらいでめげるな俺。息もたえだえに暗い3LDKへ戻った健斗は、ついでに健全な肉体を謳歌するように廊下で腕立て伏せ二〇回を行ってからシャワーを浴びた。

月曜の午後、車を運転していた健斗は近くの銀行に寄った。口座から三万円引き出し約一ヶ月半ぶりに通帳を見て、色々な税金や奨学金の返済やらで残高が一気に減っていたことを知り、怖くなる。健斗は再び車を走らせ、土曜日から三日間ショートステイへ預けていた祖父を迎えに行った。月水金で通っているデイサービスと施設自体は同じで、ショートステイでは個室をあてがわれる。預けた理由は母の息抜きのためで、月に一度は預けていた。午後二時過ぎに着いた健斗は手続きを行う。午後に迎えに行くと伝えただけで大まかな来訪予定時刻も言わなかったのは、健斗なりの抜き打ち視察のつもりだ。

祖父のいる部屋へ向かう道すがら、若い女性ヘルパーに車いすを押されている老婆とすれ違った。どういうふうに息継ぎをしているのかもわからないほど大きな声で途切れなくヘルパーになにかしゃべっている老婆は、七〇代半ばほどでどう見ても健斗の祖父より元気そうだ。廊下を進むうちさらに、車いすで移動させられる元気な老人二人とすれ違った。

プロの過剰な足し算介護を目の当たりにした。健斗は不愉快さを覚える。被介護者への優しさに見えるその介護も、おぼつかない足どりでうろつく年寄りに仕事の邪魔をされないための、転倒されて責任追及されるリスクを減らすための行為であることは明らかだ。手をさしのべず根気強く見守る介護は、手をさしのべる介護よりよほど消耗する。要介護三を五にするための介護。介護等級が上がれば、国や自治体から施設側へ支給される金の額も上がる。健斗とやっていることは同じだが、動機の違いからして似て非なるものだった。所詮、労働者ヘルパーたちは自分たちが楽に仕事をこなすために〝優しさ〟を発揮するだけで、被介護者自身の意向にそったケアをしていない。生きたい者にはバリアを与え厳しくし、死にたい者にはバリアをとり除き甘やかすというふうに、個別のやり方を考えるべきだろう。表面的には同じでも、自分が楽をしたいからなんでも手伝うのと、尊厳死をアシストするために葛藤を押し殺して手伝うのは全然違う。本気で死にたがっている被介護者を見極め、車いすに乗せ、漫然と一律提供している食事からありとあらゆるたんぱく質を排除し歩行能力を完全に奪い、第二の心臓とされる脚の筋肉を弱める徹底ぶりが感じられない。

「やっと迎えに来てくれた」

個室に入った健斗の顔を数秒見つめた後、祖父が口にした。

「あれ、髪ば切ったとね？」

「うん。この時期花粉飛んでるから、髪につかないように」

そのまま車に乗せかかりつけの総合病院へ行くと、祖父の再診受付を手伝い、健斗自身も耳鼻科の再診手続きをとる。平日の午後、混みあっている院内の八割ほどが、高齢者だ。知り合いなのか付き添いなのかわからぬが、無駄話に興じている常連っぽい老人たちだらけで、うるさいくらいだった。サロン代わりに通院している老人たちは一割から三割だけしか医療費を負担せず、残額を負担するために現役世代がおびただしい額の税金を徴収される。健斗自身の祖父も些細なことでしょっちゅう通院をせがみ、国庫や健斗たち世代の貯蓄を間接的に蝕んでいた。

「行った日は、ストレスやろか、血圧の高うして。部屋で食事とりましょうって言われたばってん、食堂くらいには行かんと本当に寝たきりになってしまうし他にすることもなかけんなんとか頼みこんで、一生懸命歩いて行こうとしたとけど、ヘルパーさんが食堂まで車いすで運んでくれた」

祖父は三日間の体験談を悲痛な口調で語る。

「じぇえんぶ同じような部屋でしょう。だからどこか外に行って帰ってくると自分の部屋もどこかわからん。家と違うけんトイレの場所もわからんし、薬ばしまっちょったはずの置き場所もわからんごとなって。目もよう見えんでしょう」

「うん」

「どこか外に泊まりに行ってももう何《なん》がなんだかわからん。だからやろか、血圧も三日間ずっと高かった。そいけど家に戻ったら健斗やお母さんに迷惑かけるだけやし、じいちゃんは馬鹿になってしもうたけんもう早う死んだらよか」

ショートステイ帰りの祖父から毎度聞かされる話を、健斗はほとんど暗唱できる。

「見てみ、むくんでしもて、手もこぉんなにまんまるか」

そう言いながら祖父は赤っぽい両手を目の前に掲げる。健斗からすれば、年寄りにしては皺が少ない綺麗な手にしか見えない。いつもと変わらず、自分の身体の悪いところや痛いところを探すくらいしかやることのない三日間だったか。

「足も腕も痛くてからねえ」

祖父がさする箇所の半分以上は、関節等ではなく筋肉の部分だ。健斗もここのところ、全身のあらゆるところに筋肉痛がある。現役世代の健斗にとって痛みとは炎症や危険を知らせる信号であり、筋肉の痛みに関していえば超回復をともなったさらなる成長の約束そのものである。つまり、後遺症や後々の不具合がないとわかれば苦なく我慢できる。しかし祖父にとっては違う。痛みを痛みとして、それ自体としてしかとらえることができない。不断に痛みの信号を受け続けてしまえば、人間的思考が欠如し、裏を読むこともできなくなるのか。だからこそ痛みを誤魔化すための薬を山のように飲み、薬という毒で本質的に身体を蝕むことも厭わない。心身の健康を保つために必要な運動も、疲労という表面的苦しさのみで忌避してしまう。運動で筋肉をつけ血流をよくすることで神経痛の改善をはかったりはしない。その即物的かつ短絡的な判断の仕方が獣のようで、健斗にとっては不気味だった。

った。

「田中さん。田中健斗さん」

中年女性看護師に猫なで声で呼ばれた健斗は、心細そうにする祖父を置き立ち上が

った。

祖父を家まで送った後、電車で新宿へ向かった健斗は、夕方まで友人と遊んでいた亜美と歌舞伎町のラブホテルへ直行した。亜美が先にシャワーを浴びている間、パンツ一丁で腕立て伏せをこなすとスクワットにとりかかる。週に二、三度のランニングや二日に一度は行っている自重筋力トレーニングに慣れたせいもあるのか、最初のランニングでは四日間続いた下半身全体の筋肉痛も、二日以内には治まるようになっていた。筋繊維の発達を実感してしまうと逆に、筋肉痛がない状態に対し、何も成長していない心もとなささえ感じる。まるで、使わなかった筋力がそのまま低下し、寝たきり老人一直線の道をたどるかのような。

そしてなにより、健斗は筋力トレーニングを行ってから数時間は続く、肉体と精神に活力が漲《みなぎ》る感覚にはまっていた。

亜美とのセックスでは、一度目の射精が滅法早いことに変わりなかったが、半時間

もおかず二度目に挑戦することができるようになっていた。精力自体が向上したのかはわからないが、少なくとも射精へ到るための筋力や心肺能力が向上したことはたしかだ。

「ちょっとすごいじゃん最近」

二度目を終え亜美に褒められた健斗はベッドで呼吸を整えながら、体力的には三度目もいけそうだと感じていた。しかしながら今度は精力や精液残量の問題というか、コンドームを外し生の快楽にひたれば射精も可能だろうが、人生のこの段階で新しい生命を作ってしまう気など健斗にはさらさらない。コンドーム着用状態での三度目の射精を達成するには、鍛錬が必要だろう。使わない機能は衰える。今までがそうであったなら、その逆をゆくしかないのだ。

「さすがに、七分刈りは短すぎじゃない?」

超回復に欠かせぬ糖分とたんぱく質補給も兼ね牛丼チェーン店で牛丼定食特盛りを食べているとき、隣でカレーを食べていた亜美が健斗の横顔を見て言う。その声には、短髪が似合うほど頭の形が良いわけではないのだから早く以前のように伸ばしてほしいというニュアンスがこめられていた。しかし、汗をかきシャワーを浴びる機会の増えた健斗は、高校時代以来の、スポーツに適したストレスフリーの髪型の虜《とりこ》になっている。新たな異性との出会いを求めている時期だったら健斗もこんな見てくれの悪い髪型にはしないが、亜美とつきあっているのだからベタベタと不快なワックスをつけモテるための髪型にする必要もない。亜美との間にあるなんとなくのパワーバランスからの直感的判断だが、ダサい髪型をしたくらいで彼女が愛想をつかすとも考えづらかった。

「一応オシャレ坊主なんだけど。花粉がつかないようにさ。それとも亜美は、俺が花粉症でクシュンクシュンやっててもいいの？」

新宿駅でホームに下りる際、亜美はいつもと同じように階段とエスカレーターを無視し真っ先に身障者優先のエレベーターへ向かい、乗りこんだ電車で座席を逃した途端、はっきりと聞こえる音量で舌打ちした。

「最近、立ってばかりいるから足むくむ。足太く見えちゃうよ」

「むくむむくむうるせえな。どうでもいいだろ」

吊革につかまりため息まじりに発された亜美のぼやきに、健斗は自身でも驚くほど険のある言葉を返した。混んでいる車内で黙りこくった亜美は、その後の停車駅で席が空くとものすごい早い身のこなしで座り、梃子《てこ》でも動かぬと決めたようにぎゅっと固めた上半身を丸めうつむく。たとえ前に老人や妊婦が立っても気づかぬフリをとおせる姿勢で、武道の型の如き気迫を漂わせてもいる。席を確保するためなら彼氏と目線を合わせることも拒絶する亜美の丸まった姿勢を見下ろし、健斗は確信した。とにかく肉体的疲労を嫌がり楽をしたがる彼女はこの先、太ったおばさん体型まっしぐらだ。実のところ健斗はぽっちゃり体型自体はイケる口だが、ぽっちゃりな身体を作ってしまう豚のようなメンタリティーは心底嫌いで、ここのところそれに拍車がかかっていた。

東京郊外へ向かう電車はだんだん空いてゆき、健斗も亜美の隣に座った。しかしすぐ、同じ車両の遠くの位置で、ドアによりかかり立つ老男性に気づいた。棒状の手すりにつかまっていることからも、ある程度は身体の支えを必要としている年輩者だとわかる。もうすぐ下車するのかもしれないが、健斗としては二重にも三重にも迷った。ここで自らの席を老人に譲るのは、優しさだ。しかしあの老人がまだ元気に生きたいのであれば、席を譲る行為は本人の足腰を弱らせることにほかならない。真に相手のことを思うと席を譲れない。亜美たち大多数の乗客のようにただ自分の席を守りたがっている利己的なメンタリティーと変わらないように見られてしまうのが、行為の裏側にひそむ己の優しさを見せられないのが、健斗としてはものすごく歯がゆかった。

行政書士資格試験に向けた健斗の勉強は朝からはかどっていた。最近、すごく調子がいい。よく眠れるようになったし、一日のうち意識がまどろんでいる時間が減り、メリハリをもって勉強に打ちこめるようになった。

午後一時過ぎに昼食をとり一時間強が経過した頃、集中力が切れた。このときを待ちかまえていたかのように、健斗は誰もいない和室へ行き筋力トレーニングを始めた。鏡台のスツールにつまさきを乗せての、高負荷の腕立て伏せ。それを携帯電話のインターバルタイマー機能で八〇秒間みっちりやり、崩れ落ちるように畳の上に倒れると、三〇秒間という短い休息時間にぜいぜいと必死で息を吸う。頭に血が上り疲労物質も秒速で溜まるこのトレーニングはあらゆるトレーニングの中で最も辛かった。息は上がっているが、大胸筋や後背筋といった筋肉に痛みはない。つまりその部位の筋肉は、まったくもって成長しようとしていないということだ。なにを手つかずで残しているのか。再構築のため、徹底的に破壊しろ。次の八〇秒も、健斗はターゲットの筋繊維を意識し徹底的にいじめぬいた。ぷるぷる震えながら八〇秒を終えた際、ほとんど顎から落ち舌を嚙みそうになった。休憩時間に必死で息を吸う最中、この楽な状態を永遠に保つべきで、地獄のようなトレーニングは即刻止めるべきだと全身が健斗にうったえてくる。しかし健斗の脳裏には、甘えきった末に自立歩行もできなくなった老いた人間の姿が浮かび上がる。

目先の楽にだまされるな、怠けちゃだめだ俺の筋肉。健斗はなんとかスツールに足を乗せ、次のセットにも瀕死の体でたちむかう。床から顔を離すワンプッシュが、寝たきりの真逆へと自分を導く一歩でもあるのだ。三セット目ともなると、蓄積するいっぽうの地獄のような苦痛も、ある種の快楽へと転ずる。まっすぐにビルドできていることとの快感だ。筋肉痛という炎症を全身にばらまき続ける限り、そこでたんぱく質を源とした修復工事が行われ、俺の肉体と精神はテストステロンの分泌をともない活性化する。

五セットのトレーニングを済ませすぐ健斗は筋肥大に欠かせぬ栄養を納豆ご飯と生野菜の丸かじりで摂取し、顔を洗いそのまま休みなく自室で勉強を再開する。異様なアッパー感に心身が包まれた状態で、とんでもなく頭が冴えわたっている。好戦的ともいえる態度で暗記し、模擬問題を解いていった。そこそこ難しい問題に直面したときほど、思い通りにいかないストレスを克服する過程を実感でき気持ちよかった。総動員される脳のシナプス同士の結びつきがさらに強固なものへと鍛え上げられている。二時間ほど頑張り区切りをつけた健斗はさらに、〝使わない機能は衰える〟の逆をいくため、最近己に課している一日最低三度の射精にとりくんだ。射精の能力は射精でもって鍛える。パソコンでアダルト動画を見ながら本日二度目の自慰行為を事務的に済ませると、タイマーを二五分間にセットしベッドへ横になった。全然眠くなかったが健斗の意識はやがて途切れ、タイマー音で起こされた時は不快に思うほどだったが、立ち上がり息を吸うと脳や身体から疲労が消えていた。再び机に向かい、洋画を字幕なしで見るための訓練として、CD音源つき英語テキストで英語の勉強をする。三流大学の二年生時以来八年ぶりにとりくんでいるといってもいい英語学習はあらゆることを再構築中の今の健斗には新鮮で、言語野の普段使っていない部位が活性化される感覚に夢中になった。

様々な能力や、それらに必要な筋肉や神経回路がどんどん開発されてゆく。脳も含めた己の全身改造に励む健斗の迷いのなさの根底には、老人を弱らせるのと逆をいけばすべての能力は向上し人生も前進するという、シンプルな悟りがあった。それに一〇代後半で気づければ良かった。悟りを開いた健斗は現在無職だが死にたいと思うようなときなど一瞬もおとずれず、生を謳歌したい気持ちでいっぱいだ。

夕方、上半身を鍛える今日の仕上げとして、健斗は和室でスツールに足を乗せた腕立て伏せをまた始める。いくら筋力がついても、腕立て伏せは怖い。息があがり疲労物質がすぐ限界にまで溜まること自体はほとんど鍛えようがないからだ。だが地獄のような苦痛がもたらす恐怖心の耐性をつけねば、他の部位を限界まで鍛え上げることなどできない。やっている最中、廊下から杖つき音がゆっくりと近づいてきた。

四セット目を終え畳の上で死んだ虫のようになると、いつの間にかリビングへ入ってきていた祖父が健斗を見下ろし笑っていた。

「よおやるね」

「うふ……」

「じいちゃんは昔、それをきゅうこうかって言われてやらされた」

それだけ言うと祖父はお茶か薬でも飲むのか台所へ向かった。「昔」とは、旧制中学かそれとも予科練時代か。「きゅうこうか」は「急降下」だろうか。途端に、自分の身体が色を失い白黒になり、オシャレ坊主カットが丸刈り頭になった気が健斗にはした。三〇秒の休憩があけると、最終セットの〝急降下〟鍛錬に血潮を燃やした。

取りこんだ洗濯物を畳み持って行くと、祖父は衣装ケースの中の衣類を床やベッドに広げ、途方に暮れたような顔をしていた。

「衣替え?」

「そう。もう真冬の服は着らんでしょう、着らん服ば置いとったら、どいば着たらよかかわけがわからんごとなってしまうけん」

ベッド上に腰掛けながら祖父は言う。どれをどこにしまい替わりになにを取り出せばいいか、全体を把握した行動がうまくとれていないようだ。しかしどの服も、丁寧に畳まれている。場当たり的に目先の行動をこなすミクロな力がこんなにも保たれていたのかと、健斗はいささか驚いた。真冬用の衣類の数々が、来シーズンも気持ちよく使えるように畳まれている。

そしてふと思った。祖父は、次の冬を迎える気満々でいるのか?

そういえば今日はまだ一度も、「死にたい」や「迎えに来てほしい」と口にしていない。それどころかさっきは、汗だくで〝急降下〟をしていた健斗を見下ろし、へらへら笑ってさえいた。

まさか、気が変わったのか。

目の中にたまった血の塊が邪魔で近くがよく見えないとこぼしてはいるものの、あまり身体の痛みをうったえてこない。四月の初旬、今日はかなり暖かい。おまけに、うまくいっていないながらも衣替えという大仕事に取り組んでいる。つまり今日はたまたま、祖父の肉体的苦痛が紛れ、やることがないという精神的地獄から逃れられる日なのだ。四月の下旬から五月の中旬までだけが祖父にとって比較的快適な気候で、梅雨に入れば一日中暗い室内で気が塞ぎ、夏になれば衰えた自律神経で体温調整がうまくいかず、クーラーをかけた室内で厚着をしながら額に汗するという滅茶苦茶な姿で「死にたい」と日々つぶやく。つまり長い冬と夏にはさまれたごく短い間しか祖父に適した気候は訪れない。目先の過ごしやすさと一時的なメンタル変化に気をとられず、早く本来の願いを叶えてやるのが本人のためだ。健斗自身も、今ここにいる祖父の表情や振る舞いに惑わされぬよう注意しようと思った。目の前にいるのは、三六五日のうち三三〇日以上「死にたい」と切に思い続けている老人なのだ。なにをすれば困難な目的を最短距離でやり遂げられるのか、教え導いてあげなければ。健斗は自分が、子供へと退行した祖父の親にでもなったかのような錯覚に陥った。

「どうすればいいか、わからなくなっちゃったんだね」

「もう、どげんしてしまったらよかかわからんで、たたんだ服ばじいっと見とった」

たった三年祖父と同居しただけでも今のような状況であるのだから、祖父がこの先五年も一〇年も生き続ければその間に母は祖父を絞め殺しかねないし、特別養護老人ホームはどこも順番待ちだ。特養以外の民間施設に入居させる金などない。祖父がこの先長く生きる前提で痛み止め等のあってもなくてもいい薬の服用をやめさせれば身体の不快さや痛みがぶり返し、ここ最近進んだ筋肉の弱体化によりさらなる苦痛に蝕まれ、本人も周りの介護者たちのストレスもこれまでで最も大きなものとなる。健斗の頭に、大輔からの忠告がよぎった。中途半端に弱らせたら、地獄が待っている。

「どれ、俺が分類してあげるよ。どれが真冬用？」

「ごめんね、ありがとう、すんません」

考えさせない。祖父が脳を活性化させる機会も徹底的に奪おうと、健斗は衣替えを全力で手伝った。優しくさしのべる一挙手一投足が、祖父のシナプスを切断した。

「弊社とはあわないかもしれませんが、二八歳なんかまだいくらでもやり直しがききますよ」

八丁堀でとある企業の中途採用面接を午前一一時から受けていた健斗は、面接の出来は悪かったものの、自分より一〇歳ほど上の採用担当者から帰り際に励ましの言葉を受けた。その場で出るはずの選考結果も後々メールで伝える他人行儀な採用担当者が多い中、都心の片隅で出会った赤の他人の誠実さを健斗は嬉しく思う。この場で不採用を正直に言い渡してくれた人の言葉なのだから、二八歳の自分はまだいくらでもやり直しがききそうな気がする。

午後、カラオケやボウリングが楽しめる複合レジャー施設で汗を流した後、健斗たち三人は車でニュータウンの外れへ向かった。古民家風お好み焼き屋の駐車場へ車を停めると亜美が助手席から降り、右隣のミニバンからも大輔が降りた。焼き杉やオイル加工、昭和のレプリカポスターや提灯等でレトロ感を演出した店の駐車場には、軽自動車や違法改造の車がたくさん停まっている。

「全部、店員さんに焼いてもらうのでいいよね？」

メニューを注文する際の健斗の提案に、二人とも同意した。この三人、もしくは大輔の妻や他の友人を含めたメンツですでに何度もここへは訪れている。

健斗が最初に来店したのは祖父がまだそれなりに元気だった頃で、母と祖父と三人で来た。その折、チェーン店だらけの一帯に古民家風の個性的な店ができたことを嬉しく思った健斗の横で、祖父は一言「こげんぼろ屋」と苦笑しながらつぶやいた。フェイク加工がフェイクとして伝わっていないことに健斗のほうが苦笑したが、それ以降、この店の外装や内装には白けてしまっている。ただ、祖父は食感の柔らかいお好み焼き自体はえらく気に入り、旺盛な食欲を見せていた。

回転鈍くなってるから鋭意声だしやってこう、オープンキッチンにいる社員らしきリーダー格が言うと、キッチンを中心としたそこらじゅうから若いアルバイト店員たちの威勢のいいかけ声が響く。客は二〇代くらいまでの若者と高齢者たちばかりだった。土日もファミリーが増えるくらいで客層はあまり変わらない。大学がいくつもあるため地縁のない学生と高齢者しかいなくなった東京南西部のニュータウンも、かつては入居希望者が殺到、都心大企業勤めの若いエリート層ばかりが入居し、大きなおなかをした妊婦や子供たちであふれていたという。

「しかし健斗、そんなに突然足し算の介護しすぎて、お母さんと喧嘩にならないか?」

健斗は今日大輔と会ってすぐ、志半ばにして祖父の決心が揺らいでいることとの相談をした。答えとしては、被介護者の数だけ人生や性格の違いがあるのだから、自分で判断し、マニュアルにあてはめないオリジナルのやり方で被介護者の欲求実現に助力しろとのことだった。

「目立たないようにやってるし。マイナス介護に熱心なのは母親だけど、誰よりもじいちゃんの死を望んでるのもまた母親のはず。あのじいさん、ありがとう、ごめんなさい、すんませんの三語を口にしてればなんでも許してもらえると思ってる図々しさがあるから。自分が口にしてる言葉の意味がわかってないんじゃないかっていうくらいに」

「たしかに卑屈は一番腹立つ」

「だから、毎日となえてる死にたい願望を、早く叶えてやるのが皆のためなんだよ」

「でもそれって、死にたがってる言葉も、他の言葉と同じでたいした意味がないんじゃない? 大西さんどう思います」

亜美が口をはさんだ。

「いや、その言葉だけは本当なんだよ。俺にはそこらへんの機微がわかるんだよ。経験してない者が勝手に語るな」

やがて大輔が、嫁に対する愚痴をこぼしだした。避妊のためコンドームをつける度、どうしてつけるのかと怒られるらしかった。

「産めよ増やせよみたいで嫌だよ。穴開ける細工も不安だし、最近はプラスチックケース入りのLサイズラテックスコンドーム買ってる」

その後まもなく、家に帰る大輔と別れ健斗たち二人は八王子市街の定宿へ向かった。ほぼ休みなしで二度のセックスを終え、中休みにシャワーを浴びながら大腿筋のストレッチをする。セックスの翌日に必ずおとずれる太股《ふともも》内側付け根の筋肉痛を、今回こそは克服できるか。その部位の筋肉に関してはいくらスクワットやデッドリフトをやってもだめで、セックスでしか鍛えられない。セックスに必要な身体はセックスでつくる。亜美との行為を通じ毎度、体力だけでなく技術的にも成長を実感していた。昔は伝説のAV男優加藤鷹を盲信し、潮を噴かせるための指テク追求に躍起になっていた。しかし近年、中指や人差し指に鉄のような固さを宿し潮という可視化されたものばかりにこだわるあれは痛いだけで、大多数の女性からすこぶる評判が悪いのだと雑誌やネット情報で明らかになってきている。つまりここでも人真似などせず、個別の相手にあわせた自分なりのやり方を見つけなければならないのだ。亜美の演技と本当の反応を見分けるたいへんな困難さが己を成長させる試練のようで、健斗はますます燃える。迎えた三度目のプレイでも、徹底的な避妊は欠かさなかった。健斗は薄いものではなく普通の厚みの丈夫なコンドームしか使わないし、射精時には膣からペニスを抜いてゴム射する念の入れようだ。

「ふう、つかれた」

体液を拭ったティッシュをゴミ箱に投げ入れようとして外し、捨て直しにも行かない亜美が、腰のあたりにバスタオルを敷き横になりながら言った。まるで一仕事終えたみたいな言い方だ。

「寝ちゃうの?」

「疲れると、眠くなるの」

疲れるもなにも終始仰向けからうつ伏せの体勢で、忙しく動き回っていたのは俺のほうでおまえさんは俺の好きな騎乗位だって二〇秒くらいで止めたじゃねえか。健斗は掛け布団から出た亜美の白く柔らかそうな上半身を責めるように見た。

「ほんと寝てばっかだな」

床に転がっているティッシュの固まりをゴミ箱に捨て直し戻ると、亜美の顔がむくれていた。

「どうせ私はデブですぅ」

また始まったと健斗は思った。

「どうせ私なんかデブでブスなんだから健斗も他のもっとかわいい子とつきあえばいいでしょう」

いつもなら咄嗟に出てくる謝りや慰めの言葉が、健斗の口からなぜか出てこない。亜美のほうもそれ前提で言葉にしたのになにも返しがなく沈黙の間にどんどん怒りが増すのか、口をとがらせ同じようなことをリピートしだした。繰り出される、受け手側がフォローする前提の言葉には筋トレのように耐性がつくというより、アレルギー反応のように耐性がなくなってきていた。

「ああそのとおりかもしれねえな」

我慢ならなくなった健斗は口にした。むこうの嫉妬深いねちねちした愚痴がエストロゲンの作用なら、こちらの直線的な怒りの言葉はテストステロンの作用か。健斗はでもすぐに怖くなりいつもどおり謝り始めた。

翌日土曜、夜中から午前中まで降り続いた雨で桜の花が散った中、突然訪れた寒波により気温は前日比で六度下がった。

「じいちゃんはもう死んだらよか。早く迎えが来てくれることば祈っとる」

暗い部屋で綿素材の服を何枚も着こんだ祖父が手を合わせ言う。勉強の気分転換に寄った健斗は言葉を返すかわりに、過剰な介護で応える。整理途中だったらしき衣類を整理し、水筒やプラスチックのコップに入った水を捨てたり入れ替えたりし、枕元に出し過ぎて整理がつかなくなっている薬類の未開封ぶんをそれぞれ所定のポーチにしまう。

気候的にちょっと調子が良くなり死にたいとはあまり言わなくなった祖父を前にこ数日、健斗は欲求の手助けに励んでいた自分がまるで悪いことでもしていたかのような心地にさいなまれていた。しかし辛い気候が訪れると同時に、祖父は切なる願いをようやく思い出した。母が友人たちと遊びに出かけたこともあり、健斗は過剰な介護に今朝から再び全力でとりくんでいる。「やおくて甘い」食べ物の代表格で祖父の好きなトーストを少し焦がしてしまったが、マーガリンとジャムをたっぷり塗り昼食として出した。焦げとマーガリンは発ガン性が近年問題視されているが、死に到る病の中ではガンが最も楽だと聞いている。祖父の部屋のカーテンを全開にすることで、日光による皮膚ガン発症をうながしもした。使い終えた皿やコップも健斗がさげることで被介護者が運動する機会を奪った。服薬自殺未遂以来ずっと中身をラムネに変えていた「睡眠導入剤」と記された小瓶の中に、大量にストックのある本物の睡眠導入剤を足し入れた。

「自分のことがなあんもできんごとなったら終わりやね。でも、なかなか迎えに来てくれん」

丸い背骨の先に頭を提げているような祖父の声は通りが悪く、誰に向けられている言葉なのかも曖昧だ。服を整理しながら、難儀なものだと健斗は思う。延命医療が発達した今の世では、したいことなどなにもできないがただ生き長らえている状態の中で、どのように死を迎えるべきかを自分で考えなければならなくなってしまった。ほとんどの人は昼も夜もない地獄の終わりをただじっと待つしかない。それは長寿の現代人にもたらされた受難なのか。目の前にいるこの小さな祖父一人にそれを担わせるのはあまりにも酷ではないか。

「足も腕も肩もじぇえんぶ痛くてねえ」

身体のあちこちを自分で揉んだり叩いたりしている祖父に対し以前のようにマッサージでもしてやりたい衝動に駆られた健斗だったが、我慢する。筋肉を凝り固まらせ、苦痛を大きくし、死にたい欲求を一気に高めて目的を達成させてあげなければ、同じことの繰り返しだ。

「便秘ももう一週間よ。じぇんじぇん出んで」

「俺みたいに、毎日一生懸命腿上げの運動とかしてればウンコなんか毎日朝と晩出るけどね。じいちゃんはもうそれができないものね」

「農業で腰も曲がってしまったせいで、もう運動もできんけん。このままじゃ、摘便するしかなかかね」

健斗は摘便がどういうものか知っている。被介護者のアヌスに介護者が指をつっこみ、宿便を取り除く行為だ。〝する〟のは誰か。母と健斗の二択の場合、同性である健斗になるだろう。祖父の身体が摘便が必要なほどポンコツになる前に、早く尊厳死願望の片をつけなければならないと健斗はあらためて思った。

それにしても、日課となっているこの時間は、ストレスと同等以上の安心感を健斗にもたらす。中途採用面接にも受からず金もない身であっても、尊い価値があると感じられるのだ。ちゃんと夜に眠れるし、自分で歩けるどころか走れるし、重い物も運べれば身体のちょっとした不具合ならすぐ治る。肌も綺麗だ。祖父のそばにいるだけで、それらに自覚的になれた。

友人と出かけた歌番組の一般観覧から午後六時前には帰ってきた母も交え、三人で夕食を食べた。外でストレスを発散してきた母は食卓についてしばらくは機嫌よさそうにしていたものの、祖父の皿から豚の角煮とつけあわせのほうれん草がいっこうに減っていないのに気づくと、一瞬で顔つきが険しくなった。

「それ豚よ。角煮だから柔らかいよ」

「肉なら食わんでよか」

息を吸い大きく舌打ちした母をいさめるように、健斗も祖父に角煮をすすめる。角煮もほうれん草も、祖父にあわせ歯ごたえがなくなるほど柔らかく作られてある。

「角煮だから、豆腐みたいに柔らかいよ。食べてみな」

言ってしまってからこれではたんぱく質を補給させ自立をうながすことになると健斗は気づいた。祖父は一切れを四分の一に切ったものを箸で口に運び入れると「やおくておいし」とだけ言った。

「そのほうれん草もちゃんと食べなきゃだめよ」

怒りが露になっている声で母に言われほうれん草を口にした祖父だったが、数度咀嚼すると白っぽくなった固まりを皿の上にぺっと吐き出した。

「かたか」

「とうもろこしは食べるくせに！」

母の剣幕に小さくなってみせる祖父だったが、さすがの健斗も同情しかねた。入れ歯でもじゅうぶん磨り潰せる柔らかさだ。つまり形式的にしか咀嚼しなかったわけで、そこには肉とほうれん草は硬いという決めつけがある。ふと健斗は、人生経験や老人の知恵などくだらないと思った。昨日硬かった肉やほうれん草が今日も硬いかどうかなんて、挑戦してみなければわからないではないか。その後デザートとして出された、角煮やほうれん草よりはるかに硬いクッキーと梨を祖父はそれぞれ二つ三つとたいらげた。

リビングで健斗が腹休めに見ているテレビでは、フィギュアスケートの大会が放送されている。今シーズンでの引退が発表されたばかりの女子選手が、演技を始めた。二八歳の自分と同い年で、顔がわりと好みのタイプということもあり、健斗はその選手をひそかに応援していた。

「足の太か」

祖父が口にした。そして競技が終わり、笑顔の選手に拍手が寄せられる中、

「二八歳？　そげん歳でまぁだやっちょったとね。潮時」

手前ぇ殺すぞっ！　鼻で笑った祖父を健斗はにらんだ。誰よりも気高い肉体と精神の持ち主であるアスリートを年寄りが年寄り扱いした。しかも二八歳を孫と同い年、つまりは無条件にかわいがったりする年齢としてではなく、アスリートとしては引退がちらつく年齢というふうにとんでもなくシビアな目線でとらえている。

「じいちゃんは邪魔になるけん部屋に戻っちょこうかね」

チャンネルを切り替えた先の公共放送で、国民年金不払い者増加のニュースが報道された。健斗と同世代である二〇代の実に五割が、国民年金保険料を納付していないのだという。それを健斗は初めて知った。正確にいうなら、ニュースとして初めて気

にした。現在無職の身でありながら、口座引き落としで国民年金保険料も国民健康保険料も、律儀に払い続けている。テレビでは、年金システムが破綻し高齢者の生活がままならなくなるおそれがあるという高齢識者の見解が述べられていた。だから将来年金を受給できるかどうかわからない若者も今の年寄りを労《いたわ》るため身銭を切ってちゃんと保険料を納めろということか。途端に健斗は怒りにかられた。今まで衆参両議院選挙や都議会議員選、都知事選といったすべての選挙で真面目に投票してきた健斗だったが、そんなことをしている場合ではなかったと気づいた。投票より、国民年金保険料不払いのほうがよほど直接的な作用をおよぼす政治的行為だ。自分は老人や老人的なシステムをただ生かすだけの今の政治に不満を抱いている。健斗は月曜にでも国民健康保険料の支払い方法だけ現金払いに切り替え、残る国民年金保険料引き落とし用の口座から預金を全額引き上げることを決めた。

ここ連日の暖かい日に祖父の見せてきた態度は、アシストする健斗のモチベーションをも低下させていた。自室へ戻った健斗は、祖父の尊厳死願望を確認すべく、眠くもないのにベッドへ仰向けになる。蛍光灯に照らされた白い天井や壁しか見えない。祖父になりきるのは一五分が限界だった。病院やデイサービス施設以外に外出もできず、この閉塞感が生きている間中ずっと続くのか。こんなに辛いのなら、祖父が早く死にたがっていることに間違いはないと健斗は確認できた。そして、こうして定期的に祖父になる行為は必要だと認識した。

朝から母の怒声で目を覚ました健斗は、母が出社し少し経ってから起きあがった。向かいの部屋へ足を踏み入れると、健斗が数日前にプレゼントした電動リクライニングベッドの上で身を縮めた祖父が衣装ケースを眺めていた。

「おはよう」

「……健斗ね、おはよう」

「風邪っぽいんだって?」

一分足らずだった二人の会話を耳にし、健斗は祖父のうったえを把握している。

「そう。だるくて、ちょっと熱っぽかか。ディサービスには行けん」

健斗は祖父の額に手の甲を当ててみるが、平熱三六度台中《なか》ほどの手には少しひんやりとすら感じられる。

「うん、まあ調子悪いなら、今日はデイサービス休んだほうがいいね。俺が電話しておくよ」

「ありがとう、お願いね、すんません」

迎えのバスが出発する少し前に施設へ電話しキャンセルする旨伝えた健斗は、二度寝もせず朝食を摂りはじめた。食欲がなくとも、血中のアミノ酸濃度は常に一定以上に保っていたほうが超回復も早まる。デイサービスで午前中に行う運動プログラムは祖父にとっても甘すぎる程度のものだが、運動させないに越したことはない。少なくとも無職でいる期間中の国民年金保険料不払いという政治的行為をとり始めた健斗は、福祉に関してもあまり国に頼る気になれなくなった。デイサービスを利用すればそれだけ行政に費用を負担してもらうことになる。自分が保険料を払わないのだから、自分の身内の始末くらい自分たちでどうにかするのが道理だろう。もちろん就職できたら自動的に厚生年金保険料を納めるし、国民健康保険料は払い続けていることからも、範囲と期間の限定されたプチアナーキストに過ぎなかったが。健斗の中にある、老人世代のクレジットカード利用の支払い役を担わされてたまるかという憤りと、自分が今祖父に対し行っている援助行動はきれいな繋がりをみせていた。穏やかに死にたがっている老人たちの手助けをすることは、老若双方にとって利害が一致している。全世界的にそろそろ、宗教的理由や形骸化したヒューマニズムで誤魔化さないで、見たくないものを直視し実行に移さなければならない時期にさしかかっているのではないか。祖父の困難な願いを本当に叶えてあげられるかなど健斗にはわからないし、叶えたところで自分も疲弊するだけでその成功譚が他者に理解されるかどうかもわからない。しかし必死にあがくうちに生まれる希望の芽は、自分の知らぬところで花開くはずだと健斗は信じている。闘いが長びき、老人を尊厳死させる革命戦士たる自分がいつか老人になってしまい白い壁や天井を眺めるくらいしかやることがなくなったとき、もっと若い世代が穏やかに殺しに来てくれれば本望だ。

勉強に集中しはじめたとき、ノックもなしに祖父が部屋に入ってきた。

「健斗、ごめんね、このエアコンのリモコンば、やってくれる?」

「あぁっ?」

手には、祖父の部屋のエアコンのリモコンが握られていた。中央の大きなボタンを押せば暖房がつくようにセットしてあるはずだが、枕元に置いているため他のボタンでも押してしまいビープ音に怯えたのだろう。液晶パネルを見ても二二度の暖房設定のままで問題なく使えるとわかった健斗だったが、邪魔された不快感を押し殺し祖父の部屋まで行くとリモコン操作するフリをした。

「ありゃ、壊れたかも。どのボタン押したのよ?」

「ええ……わからん」

「あとでリモコン直すから、今日は我慢しな。寒かったら、ベッドの中に入って寝たきりでじいっとしてればいい」

部屋を祖父にとっての快適空間にしてしまえば、それだけ究極の尊厳死へ向けた本人のモチベーションも下がる。

「ごめんなさい、すんません」

午前一一時半に早めの昼食を摂ったあと勉強を再開し、一時間半ほど経ちだれてきた頃、健斗は和室へ向かった。今日は上半身トレーニングの日で、つまりは〝急降下〟の地獄の苦痛に耐えなければならない。畳の鍛錬場に足を踏み入れものの数秒で増大する恐怖心を抑えこむよう、早速上半身裸になりインターバルタイマーに従い鍛錬を始めた。最初の八〇秒を終え畳の上にへたりこんだ時点で、これじゃなきゃだめなのかと疑問に思い、これじゃなきゃだめなのだとすぐ思い直す。ここ半月ほどの間に健斗は市民体育館でベンチプレスを限界まで挙げるトレーニングに二度挑んでいた。ベンチに仰向けになり頭に血ものぼらず呼吸もそれほどあがらない状態で、一〇〇キロのバーベルを胸の高さにまで下ろすトレーニングは体重六六キロの健斗が行う自重トレーニングよりよほど効率よく大胸筋や後背筋を鍛えられ、翌日の筋肉痛もたいへん大きなものだった。しかし〝急降下〟でもたらされる精神面を含んだ総合的な成長と比べれば屁みたいなものだった。ベンチプレスの限界を切り開く鍛錬にしかならない。究極の腕立て伏せ〝急降下〟を限界まで行う鍛錬では、他の部位も限界まで追いこめる精神力がつく。苦しみの少ない効率的トレーニングとやらで作った身体には、最も大事な困難に耐える精神性が刻みこまれないため所詮ハリボテにすぎぬと健斗は馬鹿にしていた。なにより、専用器具のある所でしか鍛えられない不自由さが、チューブに繋がれているみたいで嫌なのだ。やがて迎えたラスト五セット目で、健斗はついていた右手をひねった。親指の付け根に痛みが走ったものの掌を丸め拳に変え最後まで行い、電子音のホイッスルが終了を知らせると同時に床へ倒れた。

シャワーを浴び、保冷剤で右手をアイシングしがてら、朝刊をめくる。雑誌広告のスペースには、六〇歳以上のセックス特集についての見出しや、九〇歳の今も富士登山を敢行している老婦人の元気の秘訣に迫るという見出しが躍っている。新聞本記事でも、生物学界において新たな発見をした八八歳の研究者が紹介されていた。頭脳明晰で身体も壮健な老人の話であふれている。新聞を畳むと、返却期限が今日の映画DVDをプレイヤーに入れ再生ボタンを押した。連日、命が物のように扱われる映画を見て、死への心的距離を減らす訓練に励んでいる。昨日は南米のチルドレンギャングを扱った『シティ・オブ・ゴッド』を見た。未来ある子供たちでもあんなにボコスカ死んでるんだから散々生きた年寄りが死ぬくらいいいだろう、と自然に思えた。

鑑賞中の『ミリオンダラー・ベイビー』で主人公の女ボクサーが連勝を重ねていっているシーンの途中で、早くも健斗はさっき行った〝急降下〟鍛錬に起因する筋肉痛を感じ始めていた。鍛錬の成果は、こうしてちゃんと現れるのだ。自らの切なる願いを叶えるための努力もしない近頃の甘えた老人は、それこそ軍隊にでも入れて、生きたり死んだりするための身体や精神を取り戻させなければだめなのではないか。生きたい老人には、毎回の食事にありつくために一キロは歩かなければならないとでもすれば、いやがおうでも足腰の弱りや不眠も治り、余計な予算や手間も必要とせず本人の自立をうながせるだろう。

全身不随になり両手両脚といった身体のほとんどが壊死《えし》し死にたいと切望する女ボクサーの願いをトレーナーのクリント・イーストウッドが夜の入院病棟でこっそりかなえてやるラストシーンで、健斗は思わず涙した。作品が作られたのは一〇年くらい前だが、それにしても祖父より五歳年下でしかないアメリカ人俳優兼映画監督がこのようなすばらしい作品を作ったという事実は、形こそ違え、祖父の中にもクリント・イーストウッドのようなすばらしいなにかが埋まっているのではないかという希望にもつながる。

「友達と遊んでくる。夕飯はお母さんと先に食べてて」

取りこみ畳んだ衣類を届けがてら健斗が言うと、浅く起こした電動ベッドから少し起きあがった姿勢で祖父がうなずいた。

「そうね。気いつけて」

痩せ細った身体から発せられる覇気のない声が、筋肉痛におそわれている健斗にはとても不快だった。祖父はかつて半世紀以上前に強制的な〝急降下〟のしごきにあっている。つまり健斗が今いくら〝急降下〟鍛錬をしても、半世紀も生きれば祖父のような肉体ならびにそれに伴う堕落した精神になってしまう事実を見せつけられているようなのだ。見ているだけで未来の自分を馬鹿にされるようで、だから孫に威厳を示すためにも、祖父にはせめて有終の美を飾ってほしいと健斗は思う。

少し混み気味の道路を車で行く。レンタルショップの駐車場にたどり着いた時点で携帯電話になんの連絡もなかったため、健斗は亜美へ電話した。今日は彼女の仕事終わりに会えるかもしれず、その場合は健斗がアウトレットモールまで迎えに行き八王子市街の定宿へ向かういつもの流れとなっていた。半時間ほど前にメールを送ったが返事がない。まだ仕事中かもしれず、健斗はレンタルショップの袋と携帯を持ち店内へ向かった。借りていたＤＶＤを返却し、新たに借りる映画作品とアダルト作品を物色する。

携帯電話が振動しないまま、物色時間も四〇分を過ぎた。目星をつけていた作品をまとめて借りると車へ戻り、再び亜美へ電話をかけた。つながらず、仕方なくどこかで時間をつぶそうかとエンジンをオンにすると、亜美からのメール着信があった。

〈今日行けない。ごめんね。〉

文面を読んだ健斗は落ち着かない気分になった。先方は、こちらからの電話に対しすぐメールで返答する余裕がありながら、電話をかけてはこなかった。接客の仕事であるからして、メールを返せる状況とは休憩中か仕事終わりのはずだ。そして、会えない理由がなにも記されていない。とても嫌な感じだ。健斗は迷った挙げ句、帰路についた。

「ただいま」

祖父を驚かせないよう先に大きな声で口にした健斗は、リビングの明かりがついていることに気づく。

暗い廊下を進みリビングのドアを開けようとした瞬間、なにか黒く小さなものがものすごい勢いでリビングから台所へ駆け抜けていくのが見えた。

「じいちゃん？」

ドアを開けると、健斗から死角になっている台所からくしゃっとした音や水を流す音が聞こえる。健斗がリビング経由で台所へ向かうのと入れ替わりに祖父は廊下に出て「おかえり」と言いながらゆっくりとした動きでトイレに入った。

今目撃した、珍しい夜行生物のような俊敏な動きをしたのはなんだったのか？

健斗は整理がつかぬままソファーに座りテレビをつける。そしてさっき映画を見て消したときとチャンネルが変わってることに気づいた。訝《いぶか》しさを感じた健斗は再び台所へ入った。ステンレス製たらいの中に、大きめの丸皿が一枚沈んでいる。食器立てに並べられた食器のうち、箸やフォークが濡れていた。くしゃっとした音がしたのも思い出しゴミ入れをのぞくと、溜まったゴミの上部に冷凍ピザの袋を見つけた。これをオーブンで焼いて食べたのか。ピザは祖父の好きな「やおい」食べ物であるが。まさかと思いつつ流しの生ゴミ入れをのぞくと、タマネギのヘタと皮まで見つかった。ここ最近の祖父はもう、電気ポットで湯を沸かすくらいの炊事行為しかできないはずだ。電子レンジで温めることもしない祖父が、冷凍ピザに野菜をトッピングしオーブンで焼くという、己の欲望を満たすための複雑な家事を隠れてしていたのか?

水洗の音がした後、トイレから出てきた祖父は暗い廊下をゆっくりとした慎重な足取りで自室へ向かいだした。杖つき音は聞こえない。

祖父の八八回目の誕生日を祝うため、健斗の姉と一歳六ヶ月の甥、母たち五人兄妹のうち末子である叔父が来ていた。準備が進められている盛大な夕飯の前、ソファーに座り膝上の曾孫《ひまご》をあやす祖父の顔は、本当に幸せそうだ。そんな顔は久し振りに見る。健斗はふと孫である自分の能力の限界を感じた。所詮三〇歳近くの自分は、生まれたばかりの赤子の可愛さにはかなわない。

「おじいちゃん、ちゅっちゅはだめだって」

虫歯の原因になるから赤子の口にキスするのはだめだと注意したにもかかわらずそれをした祖父を姉はとがめ、祖父はあやすので忙しいのか謝りこそしないがその後二度と曾孫に同じことはしなかった。それにしても、よく抱いてあやし続けられるものだと健斗は思う。赤子とはいえ、一歳半ともなれば八、九キロの重さはある。印象ほど筋力は衰えていない。健斗の脳裏に、すばしっこく走る珍獣の姿が明滅した。

「……もう二歳やもんね」

「おじいちゃん拓海はまだ一歳半よ。誕生日は一一月」

「あらそうね」

「鈴江は何歳かわかる？」

姉の年齢を叔父が訊くと、祖父は数秒考えるような仕草をし、

「三七やったかね？」

「失礼しちゃう、三二よ。じゃあ健斗は？」

「えぇ、さんじゅう……」

「二八！　誕生日はいつかわかる？　わかんないか、当然私のも」

その後の聞き取りで誰の誕生日も年齢も覚えていない祖父はなぜか全員を実年齢より五歳ほど上と認識していることが発覚したが、自分の年齢と誕生日だけはちゃんと知っていた。

ミートローフやマカロニサラダといったやわらかいもの中心の豪華な食事が一段落した頃、「ごちそうさま」を言った祖父はどさくさにまぎれ「吾郎皿ばお願い」とさらっと言ってのけ、叔父のほうも四年間の同棲生活時の習慣がよみがえったのか当たり前のようにそれに従おうとしたが、孫を笑わせ喜んでいた母の顔が一瞬で変わり険しい声が飛んだ。

「自分が使ったぶんは自分で持って行く約束でしょうが！」

「吾郎……お願いします」

手まであわせ急に弱々しい声になる祖父の悲愴さに、気の優しい叔父や普段離れて暮らしている姉はいかにも手伝ってやりたそうな顔をしていた。

「誕生日なんだから、今日くらいはいいんじゃない」

そう言いながらソファーから立ち上がった姉を健斗は思わず叱責しそうになった。素人は引っこんでろ！　これだから、目先の優しさを与えてやればいいとだけ考える人間は困る。被介護者の自立をうながす立場に立つなら姉も叔父も気安く手をさしのべるべきではない。苦痛なき死という欲求にそうべく手をさしのべる健斗の過剰な介護は、姉たちによるなにも考えていない優しさと形としては変わらないが、行動理念が全然違う。まず出口を見据え、自分の立場を決めてから出直してこいと思った。その点、祖父の自立をうながそうとする母とは介護のスタンスが真逆だが、被介護者のことを真剣に考えている点で健斗には仲間意識がある。母一人の威圧感に屈服し結局、祖父はいつもどおり台所まで自分の皿を運んだ。そしてその足取りは、ギャラリーがいるぶんいつもよりおおげさなほどに弱々しい。一瞬のうちに場を包んだ緊張感に気づいたのか、赤児が泣き出した。

食後のケーキも食べ終えた頃、L字に配置されたソファーには健斗や姉、甥、祖父が座り甥の可愛らしさに笑いあい、その後ろのダイニングでは、母が叔父と愚痴や事務的な相談を控えめな声で話していた。どこかの特養に祖父を入れることに関する密談、それもかなり具体的な話をしているのが健斗にも聞こえた。五人兄妹のうち、祖父は三番目の息子夫婦とともに十数年前まで同じ敷地内の別家屋で暮らしていた。嫁の焚きつけにより息子からも色々と意地悪をされるようになり、同じ長崎にいる長男の家へ移った。しかしそこの孫二人が両人とも就職した会社を半年以内で辞めたり工員切りにあったりという状況だったうえ長男自身も胃ガンを患い、祖父の面倒をみていられる余裕がなくなった。そして埼玉で独身生活を送っていた末子の家に住民票も移しそこに四年住んだ後、上から二番目の長女のいるこの家へやって来た。下から二番目の叔母は岡山に嫁いでいるうえ、あまり交流もなく頼りようがなかった。

申しこむだけ申しこんでみない、という母の声が聞こえる。そして健斗は、曾孫をあやす祖父の単一指向性マイクみたいな耳にも本当になにも聞こえていないのかと、怪しく思った。

「吾郎、あんたんとこに、夏服が他にもあったでしょう？ 持ってきてくれんね」

母と叔父の会話を遮るように、後ろを振り向いた祖父が言う。

「え、そげんもんなかよ」

「探しもしぇんで、決めるな」

叔父をにらみつけながら、叱るような口調で祖父は言った。母がすかさず舌打ちし「またかよ」とぼやく。

「なんなら、今度の連休に、そっちに行っちゃる」

健斗は久しぶりに祖父の高圧的な態度を見た。飼い犬と同じで、自分が強気に出ても大丈夫な相手を探す。さすがに孫相手では社会的な仮面を外さないが、直結の子供相手、特に叔父のように気の優しく口答えをしない人間を嗅ぎ分け際限なくわがままを言う性向は、年々露骨になっていた。わがままを聞いてもらうことのみが目的で、その目的が達成されるまで永遠に言い続ける。

「行かんでいい！　誰が埼玉まで連れて行くのよ、私は車出さないよ」

「吾郎があっちから運転してこいばよか」

「運転してこいばよか、だっ？　そんなどうでもいい用事のためにわざわざ吾郎に運転さすんな！」

母から怒声を受けても叔父だけは攻略できると思ったのかその後しばらくごにょごにょ言っていた祖父だったがやがて諦め、前を向き直るとうつむき「もうじいちゃんは死んだらいい」と消え入りそうな涙声で言ったのを姉が「そんなことないよ」と慰めたが健斗はそれに対し余計なことを言うなと苛ついた。慰めてもらう前提の言葉はすべて受け流さないと、尊厳死へ向かう祖父自身のモチベーションがいちいち下がる。人の親になったくせに、人のことをなにもわかっちゃいない。

普段会えない叔父と姉、そして甥という祖父にとって最も嬉しい慰問客がいるぶん、健斗は手狭なリビングから自室へ戻った。パーティー料理で大量に摂取した糖分やたんぱく質を、全身の修復工事にあてがわないともったいなく落ち着かない。スクワットやデッドリフトで連日散々鍛えていたため、下半身のありとあらゆるところは筋肉痛で超回復が期待できる。しかし上半身中の筋繊維を破壊しつくさないとたんぱく質ばら撒きの効果も半減する。痛めた右手のせいで、ここ一週間ほど〝急降下〟鍛錬ができていなかった。痛めた二日後に試みたときすぐ親指付け根の痛みがぶり返したことから、神経炎症の治癒にはもっと時間をおいたほうがいいと判断した。いっぽうで健斗は、これも一種の神経痛かと、祖父の苦しみをわずかにでも共有できた気がし、祖父を知るうえでこの痛みも決して無駄にならないと思った。健斗は上半身がまったく筋肉痛もなくなまりきっている恐怖と闘っていた。鍛錬を休んだ末筋肉が痩せ衰え、失われ退化するいっぽうであるという、これが真の恐怖だ。健斗は筋肉痛の少ない腹斜筋に改善の余地を見出すと、すぐさま仰向けになりツイストクランチを始めた。常に破壊し、たんぱく質をあてがい全身改造を継続させなければ死んでしまう。

鍛錬終了後、テストステロン濃度が高まり性欲もわいたところで、健斗は亜美へ電話をかけた。長いコール音の後、ようやくつながった。

——今、家なんだけど。

亜美の抑えめの声が聞こえる。久しぶりに電話に出た彼女に対し、今から会わないかと健斗は提案するも、却下された。

「もっと、俺に優しくしてくれたっていいじゃないか、彼女だろ」

——だから、仕事で疲れたって言ってんでしょ。なんでそこまでして健斗の都合にあわせなきゃいけないの？

「え……だって、人はね、どこかに出かけたり、スキンシップしたり笑いかけられたりしないと、すぐダメになっちゃうんだよ」

とりつく島のない亜美からはその後すぐ通話を終えられた。

中途採用面接を受け終えた健斗は、自宅最寄り駅で下車する。駅の改札口付近には、近くの大学の体育会ラグビー部とおぼしき筋肉の肥大した大男たちがたむろしていた。自分たちの肉体がただそこに存在するだけでたちあがる威圧感を誇ってでもいるように、大声を抑えず会話している。健斗は内心、たいしたことのない肉体だと思う。所詮、試合で勝つという目的のため鍛えた身体にすぎない。厳しい監督者の命令下で死ぬほど辛いトレーニングを行うのは無思考の反射行動に等しい。誰にも命令されないのに死ぬほど辛い鍛錬をやる自己規律、精神性の高さでは明らかに自分のほうが勝っている。健斗はスーツの内に隠された高尚な肉体と精神を外に誇示することもなく、穏やかな心持ちで坂道を自宅へと歩いた。

「ただいま」

デイサービスのない木曜の夕方、健斗は祖父に聞こえるよう大きな声で言い廊下を歩く。リビングでスーツの上着を脱ぎ、無対流の空気の重さをふり払うように、洗濯物を取りこみがてら換気した。和室で普通の腕立て伏せを二〇回やった後、シャワーで汗と整髪料を流す。取りこんだばかりの短パンとTシャツに着替え、二合ぶんの米を研ぎ炊きあがりタイマーを九〇分後にセットした。冷蔵庫に入っているもので小腹を満たしながら夕方のニュースをしばらく見て、食べ終わるとテレビをオフにした。廊下を歩き自室へ戻りがてら、健斗は向かいのドアをノックなしで開ける。

暗い部屋の中で、尻を向けうずくまっている祖父の姿があった。ベッドへ上半身の半分をのせている姿はなにかを嘆いてでもいるかに見えるが、健斗の来室に反応しないのは明らかに変だ。

「おじいちゃんっ」

蛍光灯の明かりをつけた健斗が大声を出しても反応がなく、健斗は恐怖におそわれた。しゃがんで声をかけ続けながら首を触った。体温は低いがいつもと同じ感触だ。脈はあり、背中をさすりながら大声で呼びかけ続けるとようやく首だけかすかに動いた。健斗を向いたようにも見えるが目はうつろで、「けんと……」とだけ発し顔をしかめ苦しそうに息をぜいぜい言わせた。

「くるひ……」

健斗は救急車を呼ぼうとしかけ、最寄りの救急病院へは自分で運転するほうが早いと気づいた。意識があるから脳に出血を起こしているわけではなく、動かしても大丈夫そうだ。家を飛び出した健斗は駐車場から急発進させた車をマンション出入口前に停めパワースライドドアを開けエンジンもかけたまま自宅に戻る。仰向けにした祖父を両腕に抱えサンダルをつっかけ外に出て、階段を下り車の後部座席に寝かせ出発した。すぐに自宅の鍵をかけ忘れたことに気づいたが、かまわず病院へ向かう。

翌日の朝から母とともに病院を訪れ、会社に行く母を駅まで送りまた病院へ戻った健斗は、暗い病室の隅に腰掛けていた。老人が六人収容されている部屋の廊下側、窓がなく、カーテンで仕切られているせいもあり外の景色が一切見えない気の塞ぐスペースだ。酸素吸入や点滴に心電図といった全身チューブだらけで眠っている祖父が目覚めたら、自宅の北向きの部屋より窮屈なほぼ自然光の入らない空間に、死にたくなるだろう。一度目の入院以来、久々に訪れた薬漬け病院独特の臭いが嫌だったが、ここに搬送したのは健斗の判断だった。二回目の入院、服薬自殺未遂の折に救急車で搬送された病院はここより少し遠くにあり、少なくとも緊急性のある処置においては薬漬け病院でも問題なかった。診断結果は、急性心不全により引き起こされた急性肺水腫だった。

患者だけでなく見舞い客に対しても猫なで声で話しかけてくる若い女性看護師が部

屋に入ってきて作業のため巡回し始めたので、邪魔にならぬよう健斗はカーテンの外に出た。すると祖父の斜め向かいのベッドにいる老婆と目があい、「殺されるぅ」という大声でのうったえがまた始まったため健斗は部屋を出た。背中の筋が痛んだ。昨日祖父を抱え運ぶときに痛めたのだった。そして健斗は祖父が目を覚ますときを少し怖く思った。去年服薬自殺未遂で入院した際、目を覚ました祖父は朦朧とした意識の中で本音のうわごとを垂れ流しにしていた。眼球を真っ赤にしてむくんだ顔でしゃべっていたあの怪物のような印象が強烈で、今回も、自宅に帰りながらもしばらく祖父の部屋に入ってこなかった孫の失態に気づいていて、それに対し祖父という立場からではなく対等な立場からの直接的な非難の言葉をぶつけてこないか。

自分はあのとき、静まりかえった屋内のただならぬ気配に祖父の異変を察していながら、無意識のうちに無視してはいなかったか。健斗は何度も考えていた。

あのまま母が帰ってくるまで放っておけば、祖父は彼岸へ行けていたかもしれない。しかし、あのとき祖父は苦しがっていた。つまり、苦しい中での死は祖父の望むものではないと健斗は判断したのだ。

待合所のベンチで新聞を読みながら健斗は、看護師の作業が終わるのを待つ。紙面には、東京五輪のための都心開発に人手を取られ東北の被災地復興工事が遅れているという特集や、日本国の財政破綻を先送りにするべくまた政府が国債を発行し日銀が大量に買い上げた記事が載っていた。看護師が目の前を通り、作業終了を知った健斗は病室へ戻る。

「ひと思いに殺してくれぇっ」

健斗の入室に反応した老婆がしばらく大きな声でわめいたが、カーテンを閉めしばらくすると静かになった。老人は皆、示し合わせたように同じ言葉を口にするものなのか。大声を発する元気のある斜め向かいの老婆はまだしも、このフロアには、祖父と同じように全身チューブだらけの延命措置を受けている、自然の摂理にまかせていればとっくに死んでいるであろう老人たちの姿しかない。苦しみに耐え抜いた先にも死しか待っていない人たちの切なる願いを健康な者たちは理解しようとせず、苦しくてもそれでも生き続けるほうがいいなどと、人生の先輩に対し紋切り型のセリフを言うしか能がない。未来のない老人にそんなことを言うのはそれこそ思考停止だろうと、健斗は少し前までの自分をも軽蔑する。凝り固まったヒューマニズムの、多数派の意見から外れたくないとする保身の豚が、深く考えもせずそんなことを言うのだ。四六時中白い壁と天井を見るしかない人の気持ちが、想像できないのか。苦しんでいる老人に対し〝もっと生きて苦しめ〟とうながすような体制派の言葉とは今まで以上に徹底的に闘おうと、酸素吸入の音を聞きながら健斗は固く誓った。


入院してから三日後の夕方に来院した健斗がカーテンを開けると、祖父は目の前にいる男が医師や看護師でもなく孫であるとワンテンポ遅れて認識した。しかし人の気配自体には敏感なようで、それは北向きの部屋にいる普段の祖父と変わらない。

「身体の具合はどう?」

「つらか。ほら、ここん腕んとこに針の刺さっちょっでしょ。だけん寝返りするときも痛くて痛くて」

「眠れた?」

「眠れん。夜九時には消灯でしょう、でもじいちゃんはじぇんじぇん眠れんで、ようやっと三時過ぎ頃に眠れたと思ったら、七時には起こされて、七時半頃からやろか、向こうの部屋から順に朝ご飯の運ばれてきて」

「朝ご飯はなんだった?」

「こげん大きか茶碗に水のごたまずかおかゆと、梅のあのやおか……」

「ペースト?」

「ペースト。あとはなんやったろか……いっちょん思いだせん。もうすっかり馬鹿になってしもた。じいちゃんもうダメね、早う死んだらよか」

昨日も、一昨日も、全く同じ会話をした。面会が長引けば一日のうちに二回でも三回でも祖父は同じことを話すし、それにあわせる健斗も同じことを話す。健斗が祖父にかけた言葉も、祖父が健斗に話した言葉も、祖父の記憶からは消えてゆく。数時間後には忘れられるとわかっていても続けられる会話自体に健斗はもどかしさを感じるものの、不思議と退屈には思わない。相手がなにをしゃべるかわかっている会話は精神的な修行のようで、反復の中で自分の中のなにかが整理されてゆく実感があった。そして紡がれては消えてゆく会話の中で、祖父は自分に危機感やストレスをもたらす類の情報だけは、動物のようにちゃんと記憶していた。

「夢ば見とった。昔の仲間たちが出てきよった」

昨夜どう過ごしたか訊ねたとき、祖父はそう答えた。

「しぇんしょうじゃったけんね、仲間が何人もオウカに乗って散っていった。乗る前に終わったけんじいちゃんはこうして生きとるけど、もういいかげん早う迎えに来てほしか」

「仲間？」

腕に点滴針のささった状態で合掌こそしないものの、目と口をきつく結んだ顔はなにかを祈っている。そこへ女性看護師が顔を出した。

「すみませぇん、バイタルチェックするので、ちょっとスペースあけていただいても大丈夫ですかぁ？」

四〇代くらいの看護師も健斗に対してこれまた猫なで声でしゃべる。健斗は自分も一律で病人扱いされているような気味悪さから逃れるべく廊下に出た。ついでに携帯電話のブラウザでさきほど祖父の口から初めて聞かされた言葉を検索する。「オウカ」とは、どうやら第二次世界大戦末期に日本海軍で実戦投入された、特攻専用のロケットエンジン型滑空機「桜花」のことらしかった。零戦などのプロペラ機とは異なり、ミサイルに操縦桿がついただけの簡素な機体で、上空で母機から切り離されしばらく滑空後、標的へ近づいたらジェット噴射を行い超低空から猛スピードで敵艦に突っこむ仕様だという。五インチの画面でその後も桜花について色々と調べてみると、正確な事実関係はわからないが、人類史上初めて水平飛行で音速の壁を突破したアメリカ陸軍航空隊のロケットエンジン型飛行機ベルX－1の設計開発において、ナチスドイツのV2ロケットと桜花のアイディアが参考にされた可能性が高いとのことだった。ひょっとしたら実現する可能性のあった、祖父が桜花に乗り飛んでいる白黒映像を健斗は頭に描いてみようとするがあまりにも現実離れしていてうまくいかず、かわりに昔映画で見た、オレンジ色のベルX－1が音速の壁を突破するシーンがカラーで再生された。仕事帰りによくレンタルビデオを借りてきた生前の父と一緒に、初めて見たのだった。

その後夕飯を食べる祖父にも付き添った健斗は、入れ歯の歯磨きを頼まれた。話し相手になる以外の久しぶりの介護行動に、健斗は自分の使命を思い出した。祖父は苦痛や恐怖のない死を求めている。孫としてそれを助けなければならない。色々なものが隔世遺伝しているとして、自分もいつか延命医療のもっと発達した世界で同じ挑戦をするのだろうか。それとも、祖父とは血の繋がっていない亡父のように、若くしてぽっくり逝くか。

「殺されるぅ」

　病室窓側の洗面台前に立つ健斗に向けて、老婆が大声でわめく。仰向けの姿勢から頭だけあげている姿勢はかなり腹筋を使うし、声も大きいのは肺や横隔膜周りの筋肉もしっかりしている証拠で、身体自体はなかなかに元気ということだ。そこへ、さっきとは別の若い猫なで声女性看護師がやって来た。

「殺してくれっ！」

「もう少し待っててねぇ」

「はぁい」

　すると老婆はおとなしくなり、用を済ませたらしき看護師もすぐ病室から去った。入れ歯を洗いながら健斗が窓の外に目を向けると、夜空に満月が見えた。北向きの部屋からは決して見られない、綺麗な満月だ。じっと見つめていると、いかにもこの病室へ優しい使者たちによる迎えが来そうに思えるほどだった。洗った入れ歯をケースにしまってもなお、健斗は月から目が離せない。月の光に心を奪われていると、不可能なことなどないように思えてくるのだった。人間はおよそ五〇年も前に宇宙へ飛び月の周回軌道をぐるぐるまわったのだから、苦痛なく天国へ行くことくらいできなきゃおかしいだろう。

カーテンで仕切られたスペースへ戻り、全身チューブだらけの祖父に入れ歯を返した健斗は強く思う。窓もなく、誰もが等しく猫なで声というマニュアルの対象者とされてしまうこんな非人道的かつ不気味な空間で、人生の最期を迎えさせるわけにはいかない。急性心不全だか肺水腫だか知らないが、そんな劇的で苦痛の大きすぎる甘えた死に方は、祖父にふさわしくない。

「早う迎えにきえほひか」

こんなところで死んでる場合ではないだろう、健斗は思わず叱りかける。

苦痛のない死を、自分の意志でつかみとってくれ。音速の壁を破るよりよほど命知らずなことをしようとしたあなたには、それができるはずだ。

「こんなとこ、さっさと退院しないと。一緒に家に帰ろう」

「帰りはかけど、ひいあんもう無理」

「そんなことないって」

健斗は久しぶりに慰めの言葉を口にした。自らの無謀な夢をかなえるための正しい資質が、祖父には必ずある。

午後二時過ぎに神宮前での中途採用面接を受け終えた健斗は、帰路につくべく明治神宮前駅へ向かいかけ、代々木公園経由で新宿方面へ歩いていた。すっかりご無沙汰になってしまったセックスのかわりに毎日死ぬほど行ってるオナニーで精巣の精子生産能力を維持し、身体を鍛え、猛勉強し、週に二度ほどの頻度で受けている採用面接のせいで日々忙しい。以前は見向きもしなかった、絶対に受かるはずのない超優良企業の中途採用面接を日々受け続けることで、困難にたちむかう耐性がついていった。

新宿から電車に乗り帰宅し着替えトイレへ入ったところで、健斗は手が採尿カップを探していたことに気づく。四泊五日の治験入院から一昨日帰ってきたばかりだった。就職活動があるため短い案件にしたが、四ヶ月の休薬期間あけに受けた人生二回目の治験入院は本当にきつかった。外出禁止の病棟でやたら水を飲まされ一時間おきの定刻に蓄尿と採血があり、定刻以外にトイレへ行きたい場合は受付でカップとトイレの鍵を受け取らなければならなかった。蓄尿のため出た尿はすべてトイレ内の冷蔵庫へ保管するからオナニーもできない。食堂兼サロンではテレビを見ていたりビデオゲームをやっている被験者等がいたため勉強もできず、なにより血中クレアチンフォスフォキナーゼ濃度を上げてはいけないためストレッチ程度の運動すら禁止なのが辛かった。一時間おきに強制される蓄尿と採血のことが頭にあるとベッドで参考書を読むことすら落ち着いてできず、結局は寝たきりで天井を見ているしかなかった。自宅での中途半端な祖父体験と違い、発狂しそうなほど過酷だった。しかし金のためだけでなく医療発展のため、誇りをもって最後まで頑張った。

入院前よりさらに祖父の立場に近づけた健斗は、祖父の様子を見に行く。電動ベッドに身を横たえている祖父は枕元に置き時計一つと腕時計二つ、それに小型のLEDライトを置いていた。数年間ずっと母に買ってくれとせがんできた電動リクライニングベッドだったが健斗がいざ買い与えると、枕元に薬や色々な小物を置くことのほうが優先されるようで、リクライニング機能も全然使われていない。なけなしの貯金をはたいたというのに、健斗は自分がこけにされたようで苛つく。

「つらか……もう死にたか」

ベッドから半身を起こしつつ女のような声で天を仰ぎ言い、今度はがくりと下を向き泣きなにかぶつぶつ唱えている祖父は、入院前より弱っていた。薬漬け病院での二週間におよぶ寝たきり生活が筋肉や神経、神経の集まりである脳を如実に衰えさせた。泣き言や死への願望が強まり、物忘れがひどくなった。つい先日も、耳が全然聞こえなくなったという祖父を補聴器屋まで健斗が連れて行った。検査の結果聴力自体は衰えておらず、音に対する注意力が散漫になってるだけですよと担当者は励ましとして口にしたものの、聴力や脳ではなく気力のことを指摘されたのが祖父本人には相当不満だったようだ。肉体が弱り、それに連動し可視化・数値化できない苦痛もかつてないほど高まっているのは確かで、つまり、苦痛のない死を願う祖父のモチベーションもかつてなく高まっていた。

「朝と昼の薬、ちゃんと飲んだ?」

数時間前のことを思い出せずまたか細い声で泣きだした祖父を後目に、健斗はリビングで小分けにした薬の袋をチェックした。膨大な種類の薬をすべて健斗が小分けにして、どの時間帯に飲むかマジックで記したのだ。昼食後の薬を飲み忘れていたことがわかり、当該の小袋とコップ一杯の水を健斗が部屋まで持って行く。分類のための脳も、薬の置き場所へ行くための足も使わせない。徹底的に奪うのだ。

「ほら、じいちゃんの好物の、この血液サラサラの薬もちゃんと飲まないと」

薬漬け病院で大量に処方された薬の量は、小食の老人からすればちょっとした食事一回ぶんほどになる。何回にも分けすべての薬とコップ一杯の水を飲んだ祖父は膨満感で苦しそうですらあった。その後、入退院や梅雨時期の衣替えで散らかり気味だった部屋を健斗が整理する。頭を使わなくて済むように古い薬は捨て、もう着そうにない冬服は一つ一つ祖父に確認をとった。

「この服、もう着ることはないね?」

「うん、もう着らん」

健斗は残りの服も全部仕分け、もう着ない服を祖父の目の前で段ボールに入れガムテープで蓋までして物置へしまった。

デイサービスで祖父も不在の午後二時過ぎ、きりのいいところで勉強をやめた健斗は精神の高揚と恐怖を抱えながら和室へ行き、〝急降下〟を始めた。右掌の神経炎症も治り、なまった上半身を成長させるべく、以前より長い八五秒の〝急降下〟を五セット行う。食べ過ぎた昼食で飽和状態だった血中糖分が一瞬にして運動エネルギーにあてられるのか眠気はとび、好戦的になる。健斗の頭には祖父の顔が浮かんだ。この前祖父を抱え運んだ際は背中の筋を痛めたが、あのしぶとい生物の筋肉を弱らせるべくもっと軽々と抱え運べる力持ちに自分がならなくてはならない。ちょうど祖父が二時から一時間の昼寝で筋肉を退化させている今、健斗は二セット目の地獄に突入した。電子音のホイッスルとともに震えながら崩れ落ちると思わず悪態をつき、一週間に一度は鍛えないと維持できないもののための努力を今後長期にわたり継続できるのかという疑問が頭をよぎる。しかし荒い呼吸で酸素を取り戻しつつある脳の冷静な部分が、全身の再起をうながした。一定期間集中的な鍛錬を行うと、筋繊維にはその記憶が筋繊維核数の増加として蓄積される。若い頃にスポーツをやっていた人がスポーツを再開してすぐ昔の筋肉を取り戻せるのはそのためだ。つまり、たとえ数ヶ月後にこの地獄に飽きていたとしても、今のこの鍛錬は無駄にならない。筋肉はこの地獄の中でのあらがいを、すべてちゃんと記憶するのだから。健斗は震える全身を制し、再びスツールにつまさきをのせた。

午後六時近くになり、窓の外からディーゼルエンジン音が聞こえた。今朝、健斗は祖父を下まで送り出している。スタッフに在宅を知られている日は出迎えに行かなくてはならず、勉強を中断し下の駐車場まで向かった。

「おかえり」

スタッフに挨拶し祖父を引き取った健斗は、慎重に歩く祖父の斜め前を歩きバスから離れさせる。歩みの遅い祖父が階段のふもとにまで来たところでようやくバスが方向転換し、去って行った。

階段を前にして、祖父はこれみよがしにため息をついた。

「じいちゃん、もう歩けんよ」

健斗は無言で祖父の顔を見て、蛍光灯で照らされた階段を見る。一三段、踊り場をはさみまた一三段。小学生の頃、遊びに来た同級生の女の子が踊り場から転がり落ち大泣きしたがなんの怪我もしなかった階段であり、健斗の脚を鍛えてくれる階段だ。

一分近くが経過した。

「ほら、上らないと、終わらないよ」

それでも祖父は手すりにもたれかかるようにしてうつむきだし、いっこうに上ろうとしない。ぎっくり腰で一歩一歩激痛がはしるわけでもないだろうに。健斗の中で戸惑いと苛つきがわいた。かつてないほど弱体化した祖父の身体や精神の新たなフェーズに、健斗のそれらも対応していなかった。

「そんな行動とって、どうしてほしいかちゃんと出口は考えているわけ？　なんの考えもなくそうやってぐだぐだしていれば周りの人間がどうにかしてくれるとでも思ってるんじゃない。それとも俺におんぶや抱っこでもしてほしいの？　お望みとあらばそれくらいやってやるけどまずどうしてほしいのか言ってもらわないとなんも始まらないよ」

「そげん言わんでもよかやかね」

祖父は小さな涙声で言い手すりに完全に突っ伏した。

「泣いてもなんも始まんねえぞっ！」

健斗の大声がエントランスに響いたとき、住人の中年女性が階段を上っていった。その後、祖父はたいして時間もかけず自力で階段を上りきった。


土曜からのショートステイ先へ祖父を迎えに行った健斗は、職員たちから怪訝な顔をされた。午後三時前は、迎えに行くにしては早めで、あからさまな抜き打ちチェックとして不快に思われたか。しかしそうだとすれば、外部の人間には見られたくない行いをしていることの証左ではないか。敵陣に乗りこむようにして祖父の部屋まで行った健斗は、思わぬものを見た。若い女性ヘルパーの腕や胴体を、祖父が触っていた。もちろんベッドから降り立つための援助行動の世話になっているのだろうが、それにかこつけ必要以上に触っていることは明らかだった。家ではあんな援助行動を必要としていない。血色の悪いむくんだ手が、若い娘の白い肌をいやらしく穢している。

「自分で立てるだろうがっ」

「あ……ああ、健斗ね」

いきなり入ってきた孫に面食らったように祖父は両手を女性ヘルパーから離し、すっくと立ちあがる。八八歳にもなって性欲からくる行動を露わにするとは、本当に気持ちの悪い爺だ。だいたい老人の性欲とはいったいなんなのだ。子孫繁栄のためなら、死んで下の世代への負担を減らすほうが、よほど子孫繁栄に繋がる。ここでも、子孫繁栄を願う祖父の性欲と、健斗たち世代が繁栄するための尊厳死アシストは繋がりをみせている。未だ性欲を隠しもっていた老人をあの世へ送る援助行動は、子孫繁栄を願う老いた性欲野郎にとっての本望でもあるわけだ。健斗は祖父を半ば強引に連れ去るように施設をあとにした。

薬漬け病院での診察を受けさせ、午後五時半頃に帰宅した健斗は、洗濯物の取りこみや風呂掃除、米研ぎといった家事から祖父がもらってきたばかりの薬の分類まで済ませ、自室でオナニーに励んだ。さっき目にした祖父の性欲があまりにも気持ち悪すぎて、あれを相対的に薄める行いが必要だった。続けざまに三連発頑張り、ぐったりした健斗はベッドへ横になった。絶倫二〇代の性欲と比べることで、祖父のいやらしい手つきはただ援助を求める弱者の手へとようやく浄化された。

その後、リビングで一人レンタルDVDを見始めた。アメリカのケーブルテレビ局が製作した、第二次世界大戦中における対旧大日本帝国海軍のドキュメンタリーだ。見ている途中で、母が帰宅した。

「あんたなんでそんなの見てんの?」

四〇インチの液晶テレビに映る粒子の粗い、赤と青の色味だけが強く出ている淡いカラー映像を異様に感じたらしい。

「じいちゃんが乗るかもしれなかった特攻専用機ってどんなかな、って」

「特攻? 違うよ、適性で落ちて、飛行機には乗ってないよ。水戸の高射砲で敵機を隠れて撃ってたらしいけど」

いくつもの情報が瞬く間に発され、健斗はわけがわからなくなった。

適性落ち、水戸、高射砲——。

「え、それは母さんがじいちゃんから聞かされた話なの？」

「違う、おばあちゃんとか親戚、お母さんが中学生くらいの頃までたまに家に来てた戦友の人が言ってたのよ。おじいちゃんがなにも話さないかわりに」

混乱している健斗の視界に、米軍側から撮られた、桜花を死地まで運んでいた一式陸上攻撃機が白黒に藍色で着色したような作りものっぽいカラー映像の中、無音で映っている。

緊急搬送され死を覚悟した人間が、嘘の話を語るものか。

誰の話が間違っているのだ。

「それ、俺が聞いた話とは違うんだけど」

「ボケじいさんからなに吹きこまれたか知らないけど、お母さんだって直接聞いた覚えなんかないし。おばあちゃんも当時の親戚も戦友もみんな死んじゃったから、もう確かめようがないけどね」

そう言うと母はスーパーで買ってきたばかりの五個入りパックのドーナツのうち一つをほおばり、台所で夕飯の支度を始めた。


勉強中の健斗は杖の音に集中力をそがれていた。やけに頻繁に廊下を行ったり来たりしていると思ったあと、祖父がしていることに気づき、自室から廊下に出た。

「なにしてんの?」

「寝たきりにならんごと、こうして歩いちょっと」

いつもはやらない運動をこれみよがしに続ける。

「邪魔だからウロチョロすんなっ! 思いだしたように今日だけやって、どうせ明日はやらないくせに!」

健斗が大声で言うと、祖父は謝りながらゆっくりと部屋へ戻っていった。歩かせたら、祖父を彼自身の切なる願望から遠ざけてしまう。

午後三時過ぎ、健斗は切り分けたロールケーキと麦茶、それに薬もお盆に乗せ、祖父の部屋へ持って入った。雨天で暗く湿った部屋で、祖父は天井を向き目を開けていた。死んでいるのではと健斗が疑った頃、皺の中に埋まっている小さな目玉が健斗に向いた。

「おやつだよ」

時間をかけ起きあがった祖父は、起きても麦茶で口をうるおしただけで、ロールケーキへ手をつけようとしない。つい数時間前自発的に歩いていたのが嘘のようだった。おやつにつきあうために持ってきた硬いビーフジャーキーを、健斗はこれみよがしに食らう。ついでに腕まくりなんかして若者の太くてしなやかな筋肉を見せつけることで、痩せ衰えた己の身体との埋まりようのない絶対的差を実感させる。

「もう寝たきりになってしもた……つらか」

消化され体内にばらまかれる牛肉のたんぱく質が、全身の炎症箇所にあてがわれ、筋繊維の肥大と増加を経て健斗を成長させる。そんな健斗の肉体を前に、入院前よりさらに小さくなった祖父が弱々しく自分の死や色々なことを願ったりする。

「健斗の幸せば祈っとる」

「俺は大丈夫だよ」

手を合わせている祖父に健斗は言った。祖父はその後、健斗や母、ヘルパー、昔の恩人等、これまでお世話になった周りの人々に感謝しきっていることをぼそぼそ述べた。

「史郎のことだけが気がかりだ」

ビーフジャーキーを咀嚼しながら聞いていた健斗は、はじめそれがあの上から三番目の叔父のことを言っているのだとしばらく気づかなかった。

「あげんことになってしもうて……」

嫁とともに祖父を虐げ、離婚し、その後も祖父に金をせびり、東京にいる母と吾郎叔父主導のもと法的に絶縁され、今は生活保護費を受給しているあの叔父を憐れんでいる言葉を、健斗は生まれて初めて聞いた。

「あいだけはどげんかせんと死んでも死にきれん」

祖父による後悔と慈悲の言葉に違和感があり、それはどうしてなのかと健斗は考えてみる。昔から、長崎にいる史郎叔父たち夫婦は悪い人たちという印象がなんとなくあった。しかしそれは上京後滅多に帰省しない母から聞いた話をもとに植えつけられた印象で、その母も祖父から電話で聞かされていたに過ぎない。一〇年以上前、高校生の頃に祖母の法事で長崎に行った際、祖父も含め皆の話す言葉が半分も聞きとれなかった健斗の警戒に反し、久々に会った史郎叔父夫婦や同年代の従兄弟二人は気さくないい人たちだった。

祖父が実家を離れることになったのは息子夫婦に迫害されたから、というのは嘘だったのではないか。そうでないと、今ここにいる祖父の後悔の言葉の説明がつかない。介護をするようになってから、母の祖父へのあたりはきつくなった。今より格段に心身の自由がきいたはずの祖父のわがままに、周りがつきあいきれなくなったともじゅうぶん考えられる。だが叔父夫婦はもう離婚してしまい事実上音信不通で、本当に祖父いびりがあったかどうかの確認も今となってはとれない。毎日これだけ話しているのに、半世紀以上先に生まれた祖父についての知らないことが健斗の中でどんどん増えてゆく。かといって、目の前にいる祖父に色々なことを直接訊く勇気はない。赤の他人に失礼なことを言うより、年上の血縁者に昔のことを訊くほうがよほど気が引けた。それに直接訊いたとしても、祖父の頭の中にしかない地図や時計をもとにしたまた別の話しか口にされない気がする。

「こんケーキは、やおくて甘かね。今日食べた中で一番好き」

いつのまにかロールケーキへ手をつけた祖父が今日初めての笑みを見せながら言っ

た。戦争映画では、爺さんや婆さんが半世紀以上前のことを神妙な顔してペラペラと語るが。健斗は、自分が祖父の過去を知りたいというより、身近な人の過去の話を聞けていない恥ずかしさにつき動かされているに過ぎないと思った。孫にそんな思いをさせる祖父を迷惑にすら感じた。

「昨日はデイサービスで昼なにしてたの？」

「なんやったかね……あ、折り紙ばしてそしてお昼寝して、おやつ食べた」

「先週三日間はどんなことした？」

「えぇ……覚えちょらん」

「拓海の誕生日は何日だったか覚えてる？　歳はいくつだ？」

「もういっちょんわからん……じいちゃんはすっかり馬鹿になってしもた。死んだらよか」

その後、祖父が思い出せるはずもない質問を、健斗はいくつも続けた。記憶を思い出せないという、当事者にとっては最大のストレスを与え脳や身体を萎縮させることで、究極の尊厳死へ全身全霊で向かわせる。

「先場所の相撲は誰が優勝した？」

「健斗は」

額に手をあて下を向いていた祖父が突然、健斗を向いた。

「じいちゃんが死んだらどげんするとね」

息を止めた。独り言なのか訊いてきているのかもわからない。健斗は、あくまでも自分のほうが場を掌握していて祖父のわけのわからない言葉を聞き流しているという態度を保ち、無視を決めこんだ。


「お母さん、今日は、風呂に入ったほうがよかね？」

「知らないよそんなの、入りたいんなら自分で健斗にお願いしろ。あとお母さんって呼ぶな」

夕飯を食べ終え薬を飲むべきか等を訊き母に怒られていた祖父から頼まれ、健斗は入浴補助をするべくソファーから立ち上がった。脱衣所へ入ると引き戸を閉め、服を脱ぎはじめる祖父より早く自分のズボンの裾をたくしあげる。今までは、形式的に見守るだけで済んだ。しかし薬漬け病院から帰ってきて以降、浴槽への出入りを手伝わなければならなくなっている。

「入るか」

「お願いします、ありがとう、すんません」

健斗はまずイスに座らせた祖父の身体をシャワーで軽く流し、次いで浴槽に入れるための介助をする。アルミ製杖の代わりに、自分の鍛えた身体が生きた支えとなる。健斗は緊張する。やること自体は簡単だが、裸の老人と皮膚で触れ合っている感覚に不慣れで距離感がつかめず、自分自身の精神も丸腰にされるようで異様に疲れるのだ。

「五分くらい入ればいいかな」

浴槽につかった祖父へ言い手を離そうとする健斗だったが、祖父は健斗の右手首をつかんだまま離そうとしない。

「おぼれる」

「おぼれないよ、こんな狭い浴槽で」

浮力で少し浮いてしまっている祖父の胸のあたりにまでしか湯ははられていない。三半規管が弱ってしまっているのか、身体が浮く感覚が怖いらしかった。しかしつい数日前、祖父があまりにもおぼれるとうるさいものだから健斗は自分が入浴する際水位を上限まで上げ検証済みだ。浮力にあらがい身体を沈めるほうが大変だった。

「ほら、おぼれるでしょう」

祖父は健斗を離そうとしない。沼から出現した、洗ったゴボウの切れ端を股にぶらさげた化け物にしがみつかれているように感じた健斗は、突然尿意をもよおした。

「ちょっとおしっこしてくるから」

「おぼれるぅ」

「おぼれねえよっ」

強引に手をふりほどいた健斗はトイレへ行き、リビングで小休止し祖父に対する母の小言を聞く。ついでに切ってあったメロンの残りも一切れ食べ、風呂場へ戻った。引き戸を開けると、ばちゃばちゃうるさい。半透明のドアを急いで開けると、祖父が右半身を湯に沈めたまま両手をあっちこっちにぶつけもがいていた。

おぼれている？

恐怖におそわれた健斗は暴れる化け物をつり上げるように急いで左腕をひっぱり、湯の中で体勢を立て直させる。

おぼれた。本当におぼれた。三半規管を弱らせた祖父はなんでもない水位の浴槽で、体勢を立て直せないパニックに陥った。

怒られる、と健斗は感じた。子供の頃に長崎で隣家の金柑を勝手に食べ怒られた際の記憶と感情が一瞬で甦る。ようやく呼吸を落ち着かせた祖父は、健斗の腕にしがみついたまま、浴槽の外に出ることを無言でうながした。動揺しながら健斗も無言で祖父の身体を洗う。弱音も文句もなにも言わない祖父の発する圧力に、潰されそうだった。

わざと沈めようとしたと、思われたのではないか。

たまたま起こった事故だと祖父には信じてもらえないかもしれないし、なにより健斗自身も自分のことが信じられない不安にとらわれていた。己の奥深くで、究極の尊厳死をかなえてやろうとする親切心とも異なる熱につきうごかされ、本当は危険だと感じていた入浴を、安全だと思いこもうとしたのでは。

風呂から脱衣所へあがり、おそるおそる身体を拭く健斗が正面へまわったとき、祖父が口を開いた。

「ありがとう。健斗が助けてくれた」

穏やかな口調で言われ、健斗は動きを止めた。

「死ぬとこだった」

その一言に、一畳半ほどの脱衣所で平衡感覚を失い、おぼれそうになった。

違ったのか。

自分は、大きな思い違いをしていたのではないか。

悪くなるばかりの身体で苦労しながら下着をはく祖父を見ながら健斗は、心を落ちつかせようとしていた。こうして孫をひっぱりまわすこの人は、生にしがみついている。

その後も祖父は、健斗を責める言葉を一切口にしなかった。


大型のリュックサックやドラムバッグ等に大荷物を詰めこんだ健斗が昼過ぎに多摩グラントハイツを出立しようとすると、駅まで見送りに行くと祖父が言って聞かなかった。徒歩一〇分の距離に車をだすことなど普通はない。それに対し母は玄関まででいいだろと文句を言いつつも、結局は車をとりに行った。スロープの近くで待機している健斗たち二人に晩夏の直射日光が降りそそぎ、うるさいくらいの蝉の鳴き声にしゃべる気も奪われる。

粉飾決算で業績が悪化して久しい医療機器メーカーの子会社に、健斗は営業職として中途採用された。資格勉強していた行政書士とはまったく異なる業種だが、三流大学出身者では決して就職できないような企業に就職できたのも、ここ数ヶ月の生産的生活で培った様々な能力のおかげなのはあきらかだった。勤務地は茨城県の筑波研究学園都市で、社宅はそこから約一〇キロ離れたところにある阿見町という、霞ヶ浦近くの鉄骨造アパートだ。内定をもらい一ヶ月弱の間に引っ越しのためすでに二度訪れており、来週の初出勤に向け、三二万円の中古車も現地カーディーラーで調達済みだった。

「寂しくなるねえ」

クーラー稼働中の車で坂道を下っている最中、後部座席に座る祖父が助手席の健斗へつぶやく。母と叔父は、祖父を長崎県の大村にある特別養護老人ホームへ入所させる予約をした。田舎の比較的低倍率の施設だったが、それでも二、三年の順番待ちだ。

「茨城なんか近いんだし、余裕ができたらまた戻ってくるよ」

「じいちゃんのことは気にせんで、頑張れ」

健斗は不意をつかれた。てっきり、目前の寂しさからくる言葉を口にすると思った。カラ元気なのか、それとも言葉のとおり、祖父の進退を「気にせんで」生きてゆけると思っているのか。

「当面の間は茨城に赴任だけど、東京の本社なりに戻ってくる可能性はあるから」

その時、祖父もまだ特養の順番待ちをしながら生きているかもしれない。むしろ、死んでいる場合を、想像できなかった。特養に入れば介護のプロたちによる完全なる管理下で、祖父は苦しみながらもっと長生きさせられる地獄を味わうだろう。

「お母さんがガミガミ怒るだろうから、じいちゃんの味方するためにも盆、暮れ、正月には必ず帰るから。俺がやって来るのを待っててよ」

「電車ですぐなんだし、週末暇だったらいつでも来なさいよ」

「いや、健斗には健斗の時間のあるけん、来んでよかよ。じいちゃん、自分のことは自分でやる」

駅ロータリーにつき、車のそばで重い荷物をすべて背負い立った健斗は、運転席の母と後部座席の祖父へ顔を見せるよう少し屈む。

「じゃあ、行って参ります」

「はい、気いつけて」

パワースライドドアが閉まりきる前に車は動きだし、サイドウィンドウやリアウィンドウ越しに、祖父と健斗の手の振りあいは互いの顔が見えなくなるまで続いた。

京王相模原線の新宿行きに乗った健斗は、最後尾車両の運転室前の角に重い荷物を置き、窓の外を眺める。反対側には小山の斜面や緑しか見えないが、健斗の見ている側には開けた視界に古びたマンションや一軒家、それに空の遠くにまるで巨大な亀頭のような白い積乱雲が見える。澄みきった青空の中で、近づいてきているのか遠のいているのかもわからないそのシルエットは、異様な存在感を呈していた。

約一年ぶりのサラリーマン生活を、健斗は不安に思っている。粉飾決算をした会社の子会社の離職率は高いらしかった。それに、三〇年近くずっと東京の南西で育った身には、知人が一人もいない新天地でうまくやっていけるのかもわからない。斜め向かいの席では、一目で素材の良さのわかる麻ジャケットを着た男と立体裁断のワンピースを着た女の健斗と同年輩カップルが、静かに談笑している。高価そうな服を着た、顔形の整ったカップルはいかにも高収入のヤングエグゼクティブふうで、なにより、自信に満ち溢れた感じが曇りのない笑顔に表れていた。自分との差に健斗が目を逸らした先にも、シートに並んで座る同年輩夫婦に男児一人の三人家族が映る。ビール腹が板についた夫はどっしりしており、とうに諦めを知り、それと引き替えに人のために生きることを悟っている雰囲気をかもしだしている。彼ら彼女らと比べ自分は、三〇前にしてようやく再就職できただけの、ひどく不安定な存在だと健斗は感じた。支えを失い、よろめいてつまずき転んでしまいそうな心地だった。ふと、優先席の老人に目が向いていて、祖父を探していたことに健斗は気づく。自分より弱い肉体が、そばにない。

やがて電車は多摩川へさしかかり、座っていた乗客の何人かが立ち上がり、健斗のように窓の外へ目を向けた。広い川幅に水流が分散しているためか川面の所々に、砂利の中州が見える。そして川のはるか上空に、虫でも鳥でもないなにかが飛んでいた。プロペラ機だ。近くの調布飛行場から出たセスナだろう。戦後の管理者が在日米軍から日本政府、東京都へと変遷する中で調布飛行場はその存在意義を薄れさせ、個人所有のセスナばかりが離着陸する道楽用みたいな空港になった。しかし電車の中からたまにセスナを目で追いかけるぶんには楽しめ、それは健斗がまだ一人で電車に乗ることもできなかった小さな頃から今に至るまで変わらない。

積乱雲は、近づいてきていた。数時間後の夕方までには多摩グラントハイツの上空を覆い、暗い部屋で気の塞いだ祖父が死にたいとつぶやきだすだろう。自分がいなくなった家で、母がそれに耐えられるかどうかも健斗は心配する。

あらゆることが不安だ。

しかし少なくとも今の自分には、昼も夜もない白い地獄の中で闘い続ける力が備わっている。先人が、それを教えてくれた。どちらにふりきることもできない辛い状況の中でも、闘い続けるしかないのだ。

プロペラが視認できるほどにまで近づいてきていたセスナは、いつのまにか雲に隠れ、見えなくなっていた。

初出　「文學界」二〇一五年三月号
写真　広川泰士
『BABEL ORDINARY LANDSCAPES』より
装丁　関口聖司

はだけいすけ

1985年東京都生まれ。明治大学商学部卒業。2003年「黒冷水」で第40回文藝賞を受賞しデビュー。本作で第153回芥川賞受賞。他の作品に『不思議の国の男子』『ミート・ザ・ビート』『ワタクシハ』『隠し事』『メタモルフォシス』などがある。

スクラップ・アンド・ビルド

二〇一五年八月十日　第一刷発行
二〇一五年十二月十五日　第十刷発行

著　者　羽《は》田《だ》圭《けい》介《すけ》
発行者　吉安章
発行所　株式会社　文藝春秋
〒一〇二-八〇〇八
東京都千代田区紀尾井町三-二三
電話　〇三-三二六五-一二一一（代）

印刷所　大日本印刷
製本所　大口製本

◎万一、落丁・乱丁の場合は送料小社負担でお取替えいたします。
小社製作部宛、お送り下さい。
定価はカバーに表示してあります。

ISBN978-4-16-390340-8

又吉直樹

「火花」

売れない芸人徳永は、師として仰ぐべき先輩神谷に出会った。そのお笑い哲学に心酔しつつ別の道を歩む徳永。二人の運命は。笑いとは何か、人間とは何かを描ききったデビュー小説。第百五十三回芥川賞受賞作。

柴崎友香

「春の庭」

あの水色の家の中を覗いてみたい——一人の女性の好奇心が、街に積もる時間と記憶の物語をひもといていく。なにげない日常生活の中に、同時代の気分をあざやかに切り取る、第百五十一回芥川賞受賞作。

黒田夏子

「*ab* さんご」

昭和の知的な家庭に生まれたひとりの幼な子が成長し、両親を見送るまでの美しくしなやかな物語。全文横書き、かつ固有名詞を一切使わないという日本語の限界に挑んだ超実験小説。第百四十八回芥川賞受賞作。※文庫版もあり

楊 逸

「時が滲む朝」

天安門事件前夜から北京五輪前夜まで、中国民主化勢力の青春と挫折。梁浩遠と謝志強、二人の大学生の成長を通して、激動の中国と日本を描き切った、中国人作家による渾身の傑作。第百三十九回芥川賞受賞作。※文庫版もあり